上海话发声类型和塞辅音的区别特征

SHANGHAIHUA
FASHENG LEIXING HE
SEFUYIN DE
QUBIE TEZHENG

■ 任念麒　著

上海辞书出版社

图书在版编目(CIP)数据

上海话发声类型和塞辅音的区别特征/任念麒著.—上海:上海
辞书出版社,2006.11
ISBN 7 – 5326 – 2116 – 2

Ⅰ.上…　Ⅱ.任…　Ⅲ.吴语—辅音—研究—上海市
Ⅳ. H173

中国版本图书馆 CIP 数据核字(2006)第 101528 号

出　版　人　张晓敏

上海话发声类型和塞辅音的区别特征

上海世纪出版股份有限公司
上 海 辞 书 出 版 社　出版、发行

(上海陕西北路 457 号　邮政编码　200040)
www.ewen.cc　www.cihai.com.cn

商务印书馆上海印刷股份有限公司印刷
开本 850×1168　1/32　印张 5.25　字数 137 000
2006 年 11 月第 1 版　2006 年 11 月第 1 次印刷
ISBN 7 – 5326 – 2116 – 2/H·261
定价:25.00 元
如发生印刷、装订质量问题,读者可向工厂调换。

联系电话:021—56628900×813

目　录

鸣　谢

　　在《上海话发声类型和塞辅音的区别特征》中文版即将出版之际,特向本书的译者复旦大学中文系平悦玲博士、作序者复旦大学中文系范晓教授以及为此书的翻译出版等各方面工作付出大量心血和努力的复旦大学中文系系主任陈思和教授、复旦大学中文系游汝杰教授、任念麒博士的老同学徐祖友先生和王新文先生等致以最诚挚的谢意!感谢他们使这一研究母语的成果能够回到东海之滨,为祖国的语言文化研究服务。

　　与此同时,衷心感谢培养帮助任念麒博士积累、完成本篇研究所需内容的所有中外教育研究机构!衷心感谢使我们家属得以看到本书的所有前辈、教授、同学、好友!

母亲　肖皓林

任念麒博士　胞姐　任宪初

夫人　胡慧心

敬谢于中国上海和美国纽约

2006 年 5 月

序

　　上海话语音中的塞辅音可抽象概括为三类:类1为[p][t] [k],类2为[b][d][g],类3为[p‘][t‘][k‘]。人们一般把类1称为不送气清塞音,把类2称为不送气浊塞音(也有人称为浊送气塞音或送气浊塞音),把类3称为清送气音。人们对上海话的三类塞辅音,过去有过不少研究,但以往较多的是凭听感,对上海话塞辅音还没有做过全面的实验研究,虽然也有人做过一些仪器实验,但也只是局部的、零碎的。而任念麒《上海话发声类型和塞辅音的区别特征》,可以说是迄今为止从声学、感知和生理角度对上海话的三类塞辅音所进行的最全面、最深入的实验研究(声谱分析、感知实验、Rothenberg 面罩实验、纤维光学和透视法实验等)。

　　上海话塞音"清"音(类1和类3)和"浊"(类2)音的本质差异问题,学界有三种看法或假设:一是辅音假设(认为这三类音间的差异本质上是塞辅音发声特征上的差异),二是元音假设(认为这三类音间的差异本质上是受元音的影响),三是声调假设(认为这三类音间的差异本质上是受声调的影响)。任念麒是辅音假设的首创者和代表者。在这本著作中他用实验数据有力地验证了辅音假设,指出在带声方面,只有类2塞音在词中间位置的持阻段是带声的;在嗓音起始处,类2塞音跟类1、类3塞音相比,具有更大的声门循环的开商值、最大气流值和最小气流值。

　　关于类1、类2、类3之间的语音对立,作者通过实验研究,得出了如下结论:从声学角度看,根据后接元音段的低谐波部分的能量分布模式的差别可区分三类塞音;类2和类3塞音后的起始嗓音在第一谐波上有着更高的能量，表明这两类塞音的声门更外展；相比之下类1的声门更内收。从感知角度看，可以根据声谱差异区分类1和类2，一条更陡的声谱陡坡，伴随着相关的更显著的第一谐波，引发更多的类2反应；基频 F_0 也对感知起作用，一个较高的起始 F_0 有助于更多的类1塞音的判定。从生理角度看，在噪音起始处，类2、类3跟类1相比具有更大的声门循环的开商值、最大气流值和最小气流值；透视实验数据显示，在带声方面，只有类2在词中间位置的持阻段是带声的；三类塞音的声门姿势的开合大小的顺序是：类1＜类2＜类3。依据数据测定了这三类塞辅音在声学、感知和生理方面的主要特征，可以看这本专著的几十份图表。这些珍贵的图表所提供的记录，充分展示了上海话三类塞音的语音对立。

一个假设或一个理论是否正确，除了合理的推导，还必须有事实来验证。任念麒的此项研究，使用了当今最先进的仪器工具，得出了大量的客观的实验数据。基于实验数据得出的结论，应该说是比较客观的、可靠的。

任念麒的这项研究，虽然局限于几个上海话的塞辅音，然而此项成果富于创造性、开拓性，给我们以不少启示。他的研究不仅为今后更深入地研究上海话的语音打下了坚实的基础，也为人们用实验语音学的方法从声学、感知和生理等方面来综合研究汉语各个方言的语音树立了榜样。

任念麒是我内人的学生，由于这层关系我们得以认识。记得在1977年前后，念麒第一次上我家，初次见面我们就谈得很投机。这以后，他有空常来我家，我们什么都谈，谈工作、谈人生、谈理想，我们彼此之间了解得就更深了。从他的谈话里，以及从我内人对他的介绍里，他给我一个非常好的印象。我发现念麒为人诚实正直、质朴刚毅、敬师长、重友情；他很聪明，悟性强，有才气，还有音乐的天赋，逻辑思维和形象思维都很发达。我还感到他上进心强，求知欲旺，有志气，有抱负。总之，我和内人都觉得他是一个品德优秀、才气横溢的青年,所以很喜欢他。

由于"文化大革命"大学停止招生的原因,他没法在高中毕业后直接考大学。但他渴望着今后有机会上大学,所以经常询问我有关复旦大学的各个专业的情形。我就把我所知道的一切向他作了介绍;当然,我的本行语言学科的情况谈得特别多,也给他推荐了一些书。可能是受到我的影响吧,他在1978年考入了复旦大学中文系语言专业攻读。自从他进入复旦,我们就既是师生又是朋友,交往也就更多了。

1978年至1982年,他在复旦大学发奋攻读,在学业上取得了优异的成绩。1982年毕业获文学学士学位,并留校任教。1982年至1984年,他在复旦大学一边从事对外汉语教学,一边也不忘科学研究,先后写作了《对外汉语教学的比较分析》等几篇文章。在这期间,他面临着选择语言研究的主攻方向问题,为此经常与我讨论这个问题。他当时对语法和语音都有兴趣。由于他有音乐的天赋,辨音的能力特强,所以从他个人的实际情况出发,我建议他专攻语音学,特别是实验语音学。这不仅对他来说特别合适,而且我们系里也需要这方面的人才。他也很同意我的看法。1984年至1985年,得到中文系领导的支持,他就到复旦大学语言文学研究所从事实验语音学的工作。在此期间他去北京大学进修实验语音学,在北京时他还受到前辈实验语音学家吴宗济先生的直接教海,并深得吴先生赏识。

1985年,任念麒在吴宗济先生的推荐下获得了康涅狄克大学的奖学金,并在复旦大学中文系主任章培恒教授的关怀和支持下,得以赴美留学,在国际知名语音学教授阿布拉姆森的指导下主修实验语音学。他在赴美前告别我时表示:决心并有信心在实验语音学领域取得成绩,作出贡献。在美国攻读博士学位期间,于1986年至1991年在康州纽黑文哈斯金斯实验室担任研究助理,先后独立或与导师合作发表了《上海话塞音的纤维光学和透射研究》(1988年发表于《国际吴方言会议文集》,香港)、《用元音声谱的差别作为辨识元音之前塞辅音的提示》(1989 年发表于《美国声学学会学报》(增刊)第 86 卷第 1 期)、《不同元音长度:泰语语音持续时间及其声谱》(1990 年发表于《美国语音学杂志》第 18 期)、《中文优劣阅读者的短时连续记忆表现》(1990 年发表于哈斯金斯实验室《言语研究进程报告》,此文获美国教育研究学会优秀学生论文奖)等学术论文。1992 年 5 月获美国康州大学语言学博士学位。摆在我们面前的《上海话发声类型和塞辅音的区别特征》就是他在康州大学和哈斯金斯实验室的 4 位导师和其他资深研究员的指导帮助下多次易稿补充实验数据后写成的博士论文(1992 年美国密西根州安娜堡市 UMI 论文资料服务社出版)的中译本。

值得一提的是任念麒的另一专长音乐,他是一位年轻的男高音歌唱演员。念麒自幼喜爱唱歌,1972 年师从上海歌剧院廖一明先生学习美声、咽音唱法。1976 年至 1978 年先后在上海歌剧院、上海歌舞团等专业文艺团体担任歌唱演员。1979 年至 1981 年连续三年获上海市大学生文艺汇演优秀奖,1981 年获上海市首届业余独唱比赛一等奖,1985 年在复旦大学举办了首次个人独唱音乐会。到美国后,1989 年在攻读语言学博士学位的同时考了哈特音乐学院歌剧系,并在 1990 年 2 月和 1991 年 3 月在哈特音乐学院两次举办学生个人独唱音乐会。1991 年 5 月获哈特音乐学院艺术家文凭。可以说,他在美国获得了两个重要的衔头:语言学博士和音乐艺术家。也可以说是两个“家”了吧,这是非常不容易的。

念麒从 1985 年赴美国到 1993 年初病逝这七年间,他和我始终保持着通讯往来。他经常写信来告诉我他的学习情况。每当他告诉我一些好消息时(如 1986 年入哈斯金斯实验室担任研究助理,1987 年获康州大学语言学硕士,1989 年考入哈特音乐学院歌剧系,1990 年获美国教育研究学会优秀学生论文奖,1990 年 2 月和 1991 年 3 月在哈特音乐学院举办学生个人独唱音乐会,1991

年 5 月获哈特音乐学院艺术家文凭,1992 年 5 月获美国康州大学语言学博士学位等),我都为他所取得的成就而欣喜,并总是写去祝贺信,还说些鼓励性的话语。对他那顽强拼搏的精神我感到钦佩,但是我也时时提醒他要注意身体,要做到"劳逸结合"。在做博士论文期间,有一次他给我来信提到了他犯的病。起初我还不知道那么严重,后来我才知道得的是绝症,我惊呆得木然了⋯⋯在无可奈何的情况下,也只能写信去安慰,寄希望于美国发达的医疗仪器和精湛的医术,祈求着他身体健康平安。在与疾病作斗争的过程中,他以罕见的顽强的毅力坚持完成了他的博士学位论文。尽管综合治疗后有所好转,但随着时间推移,1993 年 1 月病魔还是把他夺走了。当噩耗传来的时候,我为失去一个好学生、好朋友而伤心,也为实验语音学领域失去了一个杰出人才而惋惜。

时光匆匆,弹指间,念麒离开我们已经 10 多年了,但他的著作还未能在中国正式出版。现在中文系领导要平悦玲翻译此书并给以出版,我听到此消息很高兴。诚如念麒夫人胡慧心所说:"念麒九泉之下有知,也会为自己的最后一件研究作品得以为祖国的文化研究服务而感到欣慰的。"(2005 年 9 月 20 日的来信)念麒的朋友王新文和译者平悦玲恳邀我作序。想到念麒,心头一酸,万分感慨。特写下以上文字,以志纪念。

范 晓
于复旦大学
2005 年 11 月 5 日

第一章

绪 论

公元 6 世纪,中国一位著名学者颜之推在谈论中国南北方言之间的差异时说:"吴、楚则时伤轻浅,燕、赵则多伤重浊。"①1500多年后的今天,人们已不可能弄清颜氏所谓的诸如"重"和"轻"等术语的确切含义;然而,令人感兴趣的是去推测颜氏提到的这些差异,至少部分是由于声源变化,也就是由嗓音来源——人类喉头的运动所引起的差异。以现代语音学观点看,这些都是发声类型上的差异。

通过颜氏和其他前代学者的持续观察,汉语方言中的这类差异已被有效地证实了。根据赵元任(1935)的看法,汉语中的塞辅音可分为十类。显然,赵的分类标准是发声类型。对于同一发音部位,如双唇音,可以清不送气,清送气,浊不送气和浊内爆破。

按赵的观点可制定出更细的分类。比如,存在两类清不送气塞音类型。第一类是强音,像上海话里的[p],它在所有语境中均不带声。第二类是弱音,按赵的记音方式,像北京话里的[b̥]。它在词首位置不带声,但在词间非重读位置却变为带声的。赵的这种精确的分类为其他语音学家所响应。据报道,很容易就能注意到北京话和福建话中的不送气清辅音音质的差异(Iwata & Hi-

---

① 吴、楚、燕、赵都是古代中国古国的名字。吴、楚分别指江苏、浙江和湖北、湖南一带,二者都位于中国南部。燕、赵则分别指河北和山西一带,都在中国北部。

rose,1976）。再次可作出如下解释:这些显而易见的差异来自喉对喉头以上发音体运动的调控的不同。

1.1 关于塞辅音的理论背景

塞辅音中最常见的强烈对比可通过对立的一组特征进行描述:带声(浊)－不带声(清)、送气－不送气。从单一的尺度,噪音起始时间(voice onset time,后文简称 VOT),即与塞音除阻相应的声门脉冲起始时间,可以有效区分不送气浊音、不送气清音和送气清音(Lisker & Abramson,1964)。

在 Lisker 和 Abramson 里程碑式的研究中,所调查的语言可根据塞音类型的数目分为三组:(1)含两类塞音的语言:美式英语、广州话、荷兰语、匈牙利语、波多黎各西班牙语和泰米尔语(Tamil);(2)含三类塞音的语言:朝鲜语、东亚美尼亚语和泰语;(3)含四类塞音的语言:印地语(Hindi)和马拉地语(Marathi)。对于所分析的大多数含两类和三类塞音的语言,VOT 充分有效。而对含四类塞音的语言和一种含三类塞音的语言——朝鲜语而言,VOT并不充分。比如朝鲜语中,单凭 VOT 不足以区分所有语境中出现的两类塞音,因而还需要其他尺度(Lisker& Abramson,1964)。在寻找"其他尺度"时,人们针对朝鲜语和印地语进行了大量的实验研究,两种语言从 VOT 角度处理都有困难。

朝鲜语中有三类塞音。根据 Abramson & Lisker(1972)的报告,三类塞音为:(1)不带声、紧、长、声门化的;(2)不带声、松、弱送气的;(3)不带声、强送气,据说有些人发这类音为松音,其他人则为紧音。在话语起始位置,类 1 和类 2 塞音在 VOT 上有交叉(然而,在元音间位置上,带声时间的确可以区分这两类塞音)。声学上的差异已有很好的证明(Han & Weitzman,1965,1967;Hardcastle,1973;Kim,1965)。研究发现,类 1 塞音后的带声的音强和基频比类 2 后的高。为探寻隐藏其中的生理机制,人们做了一些有关喉部的研究。Kagaya(1974)的纤维光学研究揭示出了类1和类2塞音在喉部动力学上的区别。类1塞音,在除阻之前声门已经完全张开到最大,而在除阻时声门则完全内收,声带渐渐绷紧,而后在接近发声起始时突然放松。类2塞音,尽管声门区域在整个持阻过程中不断收缩,但声门在除阻时依然是张开的。

在对朝鲜语塞音进行的一项肌电测量(EMG)研究中,Hirose,Lee和Ushijima(1974)发现类1塞音通过除阻前声带肌活动性的剧增来同其他两类塞音区别开来。这显然解释了Kayaga所注意到的声带绷紧的现象(1974)以及许多研究者所观察到的这类塞音的喉化现象(Hardcastle,1973;Kim,1965,1970;Lisker & Abramaon,1964)。

另一系列研究关注的是含四类塞音的语言。比如,印地语就是一个鲜明的例证,VOT不足以区分它所有的塞音类型。在印地语中有四类塞音:清不送气、清送气、浊不送气和浊送气。VOT不足以区别后两类。那么用什么来区分这两类浊塞音呢? Lisker和Abramson(1964)提出"浊送气塞音很可能通过除阻后的间歇中出现伴有噪音的低振幅嗡嗡声(Buzz),来与另一类浊塞音区分的"。这已被大量研究所证实(如:Dixit,1975;Benguere & Bhatia,1980)。

VOT这一问题所激起的兴趣引发了一些实验研究(Benguerel & Bhatia 1980;Dixit,1975,1987a,1987b;Dixit & Brown,1985;Dixit & MacNeilage,1980;Dixit & Shipp,1985)。Dixit发现,与塞音除阻和发声起始相关的声门张开的程度以及声门张开最大所持续的时间,是不同类别塞音间有差异的原因。

1.2 上海话的语言学背景

上海话呈现出的问题与朝鲜语和印地语报告的情况相类似。

汉语(Sinitic)是汉—藏语族中的一支。这一支通常分为七大方言区:北方方言(官话)、吴方言、湘方言、赣方言、客家方言、粤方言(广东话)和闽方言(袁家骅,1983)。由在上海的超过1000万人所使用的上海话属于吴方言区。根据赵元任的看法(1967),吴方言在江苏省东南部和浙江省大部分地区使用。尽管吴方言的各次方言间存在差别,但它们有一个共同特征——塞辅音的三分,这也是本项研究的中心所在。

1.2.1　历史背景

尽管上海的历史可以追溯到几千年前,但其现有的规模和作为世界性都市的地位却是相当晚近时才确立下来的。在这个城市最近大约一百年的迅速膨胀过程中,来自其他省份的移民如洪流般涌入上海,使其成为一个五方杂处①的城市。在这样的语言环境中,来自不同方言背景的人们都尽力讲“标准”上海话,上海话的大量变体和持续变化被广泛地报道出来(胡明扬,1978;沈同,1982;Svantesson,1989;许宝华、汤珍珠、汤志祥,1982)。

1.2.2　语音和音系

上海话中有新、老派。新派上海话的形成可能受到普通话的影响,从20世纪50年代中期起,小学中就进行系统的普通话教学。因而,新派上海话和普通话具有一些共同的特征。它的元音和声调比老派上海话少。既然新派上海话代表了发展趋势,本项研究中我就对其进行关注。

1. 辅音

上海话有27个辅音:

---

① 所有的标准汉语(普通话)中的词和表达方式,除了必要的语音学或音位标音以外,都以拼音符号标出。

	双唇	唇齿	齿	后齿龈	软腭	声门
爆破音	p b p'		t d t'		k g k'	
鼻音	m		n	ȵ	ŋ	
边音			l			
擦音		f v	s z	ç ʑ	x	ɦ
塞擦音			ts ts'	tç dʑ tç'		

表 1.1　上海话辅音

为方便讨论，/p t k/、/b d g/和/p' t' 'k'/将分别称作类 1、类 2 和类 3。只有类 2 给人以持阻段带声的听感；这一听感仅出现在词中元音间的位置上。像合成词/xiao　ba/中/ba/这样的一个语素就有充分浊化的/b/。这种语音交替使语音分析传统上分成三类，而非四类。

2. 元音

上海话有 13 个元音：

i	y		ɿ			u
ɪ				ɤ		o
e	ø		ə			ɔ
ɛ			a			

表 1.2　上海话元音

[ɿ]传统称为舌尖元音（Svantesson，1989）。它大致在[ɨ]区域，而不是更前面。既然这个元音仅在齿部咝音和塞擦音/ts/，/ts'/，/s/和/z/后出现，而这些地方/i/决不会出现，那么它可以被看作/i/的一个限定性的环境音位变体。

3. 声调

上海话是一种声调语言，通常可分为五种声调：

声调	调值
高降调（HF）	53
中升调（MR）	34
低升调（LR）	13
短高平调（SHL）	55
短低升调（SLR）	12

表 1.3　　上海话声调

　　两个短促调仅出现在末尾带有喉塞音的音节中。音节末尾的喉塞音被认为是古代的音节末尾口腔塞音的反映。传统上，把闭音节和非闭音节分为促声调和舒声调，因此通常把这两类短促调独立开来。然而从音系学的角度看，人们可以论证高降调和短高平调来自一个声调，低升调和短低升调也来自一个声调，因为它们构成互补分布。

　　塞辅音类型和声调之间有联系。高降调、中升调和短高平调在类 1 和类 3 后出现；低升调和短低升调在类 2 后出现。这些相互关系见下表：

	高降调	中升调	低升调	短高平调	短低升调
类 1 和类 3	√	√		√	
类 2			√		√

表 1.4　　上海话辅音和声调间的相互关系

　　在上海话中，几乎所有的语素都是单音节的。当两个语素组合成一个合成词时，连读变调就会出现。根据许宝华、汤珍珠和钱乃荣（1981），当高降调（53）后接高降调（53）、中升调（24）和低升调（13）时，高降调（53）会变为 55，而后面的所有调值都会变为 31。这种声调的中和作用常常提供了发现其他可能区分塞音类别的声学特征的可能性。当中升调（34）和低升调（13）位于高降调（53）、中升调（34）和低升调（13）之前，中升调（34）和低升调（13）

会分别变为 33 和 22,而后面的所有调值则都变成 44。

1.2.3 问题

根据发声类型,上海话中的塞音可分为三类。正如表 1.1 中的标音,类 1 为清不送气,类 3 为清送气。类 2 尽管用通常不送气浊塞音的音标来标记,但却有一些争议。

根据 Chao(1967)的看法,区分吴方言的定义就是声母塞音的三分:清不送气、清送气和浊送气,与本文的类 1、类 3 和类 2 的划分相对应。其他一些语言学家也同意 Chao 的观点,认为类 2 是送气浊塞音(罗常培、王理嘉,1981;袁家骅,1983)。他们将该类塞音标记为[b],[d]和[g]或[bh],[dh]和[gh]。

Chao(1967)和袁家骅(1983)进一步讲到,当类 2 塞音位于词首时,声带在持阻期间并不振动,所听到的类似于浊音的声音实际上是除阻时产生的一种"浊送气"。Chao(1967)说,"当出现在起始重读位置上时",类 2 塞音"通常在大部分持阻阶段为不带声的,而其后跟着一段浊送气"。这就是由中国现代语音学研究的另一位先驱刘复[①]所首先提出的"清音浊流"现象。但是刘和赵都没有给出"浊送气"的物理定义。在声门处同时出现湍流和正常的声带振动有什么语音学上的意义呢?这种塞音与印地语中的送气浊塞音类似吗?刘和赵的观点提出了一个直到半个多世纪之后才解决的问题。赵也指出了,只有在元音间非重读位置,类 2 在语音学意义上才是浊音。他说类 2 的这些特定的语音特点,大部分吴语方言都具有(Chao,1970)。

赵关于类 2 在首音位置上不带声现象的看法,已在针对上海话塞音的两项研究中用仪器得到了证明(Shen,Wooters 和 Wang,1987)。两项研究都表明,这类塞音在首音位置上只有很小的

---

① 根据赵(1935)的看法,刘曾把他表明类 2 在首音位置上并不带声的实验结果告诉了赵。这项发现刊载在 1925 年前后的一份北京期刊上。

VOT 正值,表明持阻期间不带声,至少在狭义语音学意义上,这是清音化的一种标志。

类 1 塞音也有很小的 VOT 正值,有时和类 2 相重叠(任念麒,付印中)。送气塞音类 3 则有相当大的 VOT 值。对另外两种吴方言的研究——曹剑芬(1982)对常阴沙话的研究和石峰(1983)对苏州话的研究,也得到了类似的结论;也就是说,这些方言中的类 2 塞音在首音位置上也是不带声的。类 2 在词间位置上的带声现象被以上所有的研究所证实。

那么,类 2 塞音的语音状况究竟是怎样的呢? 是什么将它和另两类塞音区别开来呢?

1.2.4 三种假说

刘和赵"清音浊流"的观点表明类 2 有带声的送气,这个特征是另外两类塞音所没有的。赵元任(1928)进一步限定了这种带声的送气发生在辅音的除阻阶段。

我的声学数据的确显示了类 1 和类 2 在嗓音起始时声谱上稳定的差异性。类 2 之后的嗓音起始的第一谐波(H1),即基频部分,和第二谐波(H2)之间的差比类 1 之后的大,也就是类 2 的(H1 – H2) > 类 1 的(H1 – H2)。假定在音系上限定这种发声对立仅在塞音后出现,再加上这种声谱上的差别仅出现在嗓音起始的事实,就可以推断,这并非元音音段自身固有的发声对立,而是前面塞音的语音影响。

曹剑芬起先认为(个人书信)[①]这些语音差别实际上反映的不是辅音对立,而是它后面元音的发声特点。根据她的看法,元音存在"气音性 – 非气音性"的对立,这似乎能解释元音前类 1 和类 2 塞音间的差别。

这一观点后来被修正了(Cao & Maddieson,1988)。这次较近

---

① 1986 年曹剑芬在写给我的信中提到这些。

的研究得出了这样的结论:"吴方言里'浊'塞音的气音性特点多少类似于依发音部位而定的过渡音征,因为它产生了后接元音的过渡段,该过渡段覆盖了元音的声谱特征。从音系学上看,它仅是辅音的一种特征,尽管语音显现要在后接元音开始时才能明显地觉察出。"

石峰(1983)认为,"清音字"(以清塞音开始的字),即类 1 和类 3,和"浊音字"(以浊塞音开始的字),即类 2,之间的语音差别本质上是声调的影响。他继续讲到,汉语声调的区别性功能如此之强,甚至影响到辅音音质,在此即塞音音质。但他没有详细描述声调的区别特征是怎样影响塞音音质的。

石峰的观点被其他一些中国语言学家所认同,包括吴宗济(个人书信)[①],他推测在类 2 后的低升调生成过程中,声带过分松弛以致过量的气流从声门中散逸出来。有三种喉部松紧方式:内收松紧(adductive tension)、中间压缩(medial compression)和纵向松紧(longitudinal tension)。内收松紧度会导致内收 - 外展维度上的喉部调节,这解释了一些常见的辅音区别特征,如:清 - 浊、不送气和送气。中间压缩度也可能导致某些辅音区别特征,如在朝鲜语的塞音中(Hirose 等,1974)。纵向松紧度可解释对基频的控制。这三种喉部松紧方式都能被独立控制,所以很难想象为什么像上海话中低升调那样的低调,可被假定为是由低的纵向松紧度而产生,却必须形成一个"松弛"的声门,而这通常是由内收松紧度来控制的。

有一些其他的研究。King、Schiefer 和他们的助手对上海话塞音进行了一组研究(King, Ramming, Schiefer, & Tillmann, 1987;King & Schiefer, 1989;Schiefer & King, 1987)。遗憾的是,他们的研究中只确定了两组塞音类型:清不送气和清送气。尽管不会出现像 Cao and Maddieson(1988)所认为的那种情况,即:他们的

---

① 吴宗济在 1986 年至 1988 年间给我的信中提到这些。

上海话发音人实际上讲的是汉语普通话而非上海话,但由于叠合了塞音中的两类(即类 1 和类 2),使得数据几乎无法利用。

塞辅音的三分是吴方言最典型的特征,但嗓音音质上的差异也有了些报道(Norman,1988;Rose,1989)。比如,Rose 报告说,在镇海话中,类 2 被耳语化。为支持这个观点,他给出了含有紧跟类 2 塞音后的耳语化元音的话语的一些宽带声谱,表明非周期性能量集中区进入了共振峰带。这一观点似乎难以同 Cao & Maddieson(1988)的发现协调起来,后者表明,按照 H1 – H2 的标准衡量,宁波话(镇海话是宁波话的次方言)中的类 2 和在其他吴方言中的类 2 一样具有气音性。从生理角度看,耳语和气音完全不同。根据 Laver(1980)的看法,声带的中间压缩度在耳语时偏高,在气音时偏低,尽管二者的声带内收松紧度都偏低。

一种可能的解释似乎是:这是镇海话中耳语出现的特殊语境。Rose (1989)观察到:"耳语化元音看起来受音节起始阻塞音出现的制约",并且"它们在来源于古代阳入调的声调中十分明显"。考虑到阳入调(即上海话中的短低升调)的元音以声门塞音收尾,那么以下推测不会不合理:较高的中间压缩度实际是为了产生声门塞音,而声门塞音是以这个喉部特性为特征的。喉肌内在收缩在音节中也许会开始得较早。在对苏州方言进行的一项肌电测量(EMG)研究中,Iwata,Hirose,Niimi,& Horiguchi(1991)发现:环甲肌(CT),通常被认作主要用于基频 F_0 控制(Borden & Hrris,1984),在塞音持阻前后或甚至更早时就开始活动。接着又发现:镇海话和其他吴方言中的音质变异,可能只是音节生成中各种喉姿势(laryngeal gesture)协调的时间差异的一种反映。在镇海话中,中间压缩度在阳入调的音节中开始较早,产生了"耳语化"的音质。

在 Iwata 等人(1991)的研究中发现,苏州话中类 1 是由声带肌(VOC)和环甲肌(CT)的活动所引发的,类 2 则以伴有喉部向下运动的"勺状会厌的收缩(ary-epiglottic constriction)"为特征。显

而易见,像朝鲜语中类 1 的例子(Hirose 等人,1974),声带肌
(VOC)的收缩增强了声带的中间压缩效果。

总之,似乎存在三种假说:塞音间的差异本质上被认为辅音性
的,或元音性的(曹剑芬,个人书信),或声调的(石峰,1983;吴宗
济,个人书信)。这三种假说下文分别称为辅音假说、元音假说和
声调假说。

本项研究试图回答的问题有:1. /b d g/应被分析为哪种语音
类别? 2. 类 1 和类 2 间的语音对立有哪些? 3. 这些语音对立主要
是辅音性特征(辅音假说),还是元音的影响(元音假说),或者是
声调的效果(声调假说)?

1.3 本项研究的目标

本项研究的目标如下:

1. 提供一份记录,获取上海话塞辅音一些主要的生理、声学
和感知方面的特征,从而帮助解决,或至少澄清上述问题。据我了
解,对上海话塞辅音还没有做过全面的实验研究。因此,本项研究
也许会起到抛砖引玉的作用。

2. 正如前文所述,单凭 VOT 不足以区分牵涉到喉部对立性
(laryngeal contrasts)的而非通常的带声和/或送气有关的塞辅音。
塞音的这些典型特征有哪些呢? 这些特征又是如何在生理、声学
和感知上体现出来呢? 本项研究将对这些问题进行探讨。尝试回
答这些问题也许会对和这些塞辅音的产生和感知有关的语音学理
论有所帮助。

3. 探查塞音区别特征的喉部机制和声调对立的喉部机制之
间的关系,能更好地理解声调语言中的塞辅音的喉部调控。上海
话提供了一个难得的例子,其中塞辅音明显牵涉到一些不常见的
喉部特征,同时,正如在其他声调语言中一样,喉部调控主要引起
声调的产生。

4. 为了实现这些目标,本项研究将会进行声学、感知和生理实验。在声学研究中,将会测量所有三类塞音后的声谱差异。三类塞音的喉部差异将会在声谱数据的基础上推断出来。在感知研究中,将对声谱差别和基频 F_0 两者的感知力进行测试。在生理研究中,将会进行 Rothenberg 面罩实验和透视实验。这两种生理实验将会提供有关这三类塞音的声门气流和喉部调节方面的信息。

第二章

上海话塞音的声学研究

2.1 有关发声类型的生理学和声学的关系

内在的喉部肌肉运动决定了声门状态。不同的声门状态造成变化着的声门阻力与空气动力,共同决定了声门气流的脉冲。声门脉冲的形状反过来又决定了声谱上的不同能量分布模式。比如,第一谐波的振幅取决于声门气流的振幅,而后面谐波的振幅取决于声门收紧的速度(Sundberg, 1987)。

发不带声的音没有脉冲。如果声带颤动,像发带声的音,声带就有准周期性的脉冲。当声门越内收,声门脉冲在时间上越短,并且在形状上呈三角形。一个短的声门脉冲的声学显示是:声谱图上第一谐波相应振幅的减弱。另一方面,当声门越外展,声门脉冲在形状上越接近正弦曲线,并且时长越长。从声学角度看,声谱图上的第一谐波非常强(Klatt & Klatt, 1990)。Fant(1985)将这种表现在声谱图底部的显著特征命名为"声门共振峰(glottal formant)"。

不同发声类型的元音在声谱图底部的能量分布模式,如:更内收的与更外展的,或像传统上称其为紧喉音性的与气音性的,都能用 H1(第一谐波)与 H2(第二谐波)之间的差,或 H1 和 F1(在第一共振峰区域的最强谐波)之间的差来有效测量(Bickley, 1982; Dart, 1987; Huffman, 1987; Kirk, Ladefoged & Ladefoged, 1984; Ladefoged, 1983; Maddieson & Hess, 1986; Maddieson & Ladefoged,1985；Thongkum,1988)。

任念麒的元音声谱图就采用了这些标准,以记录下上海话中这些元音前的塞辅音的发声差异。任念麒的发现和 Cao & Maddieson(1988)的数据表明,上海话中类 1 和类 2 塞辅音的主要不同在于辅音之后的噪音起始的能量分布模式。类 2 以一个更强的 H1 为特征。

2.2 声学研究的目标

声学研究的目标为:1)塞辅音在所有可能的三种位置,即:句首(话语起始位置)、词首①和词中,看一看不同类型的塞辅音之后的元音音段是否有声谱差异。2)研究声谱差异、元音音段和声调之间的关系。

2.3 声谱分析

2.3.1 话语

话语包括处在词首位置和词中位置的所有三类塞音。有意选择低元音/a/,以避免声道共振和声带振动之间可能的耦合影响所带来的复杂现象(Huffman,1987)。与三个声调相联系,给出五个重叠的音节:摆摆 pa34 pa34,排排 ba13 ba13,派派 p'a34 p'a34,爸爸 pa53 pa53 和趴趴 p'a53 p'a53。除了意思是父亲的"爸爸"之外,其余的都是假定的双音节人名。它们都出现在下面这个载体句的句首位置:

      到屋里去

      tɔ34 ɔʔ55 li13 tɕ'i34

---

① 在这个位置上,塞音可能出现在元音之间的环境。然而,在前面的元音音段和塞辅音间存在词界。

因此,第一个音节的塞音处在句首位置。

这些双音节也可以插在下面这个载体句中,处在词首和词中位置:

请____来

tɕ'in34 ____lɛ13

第一个和第二个音节的塞音分别出现在词首和词中的位置。

虽然所有声调都给出了实际调值,但事实上,根据1.2.2节中提到的连续变调规则,这些调值在中间位置发生了变化。因此,在摆摆和趴趴中第二个音节的调值变成了31;其他的三种情况下,第二个音节的调值变成了44(许宝华、汤珍珠、钱乃荣,1981)。

2.3.2 研究对象

对四个上海本地人进行录音,包括三名男性和一名女性,年龄在二十七八岁到三十四五岁之间。他们都在上海出生和长大,在美国定居的时间是半年到五年半。根据观察,他们没有言语问题。

2.3.3 方法和过程

被调查人在一个隔音的录音棚里录音。他们被要求用固定而舒适的音调说话,大声并且距离较远,因为这些因素都可能影响测量的结果(Fritzell, Gauffin, Hammarberg, Karlsson, & Sundberg, 1985; Ladefoged,私人交流①; Soderston, Lindestad, & Hammarberg, 1989)。他们朗读用汉字写在一张纸上的话语,顺序是:与中升调(MR)相配合的类1塞音,与低升调(LR)相配合的类2塞音,与中升调(MR)相配合的类3塞音,与高降调(HF)相配合的类1塞音和类3塞音。在真正的记录开始之前,每个对象都被要求制作一

---

① 1989年在圣·路易斯召开的美国声学学会的会议上,Ladefoged在一次谈话中向我提到这个观点。

些语音样品以便能确定恰当的录音层面。在录音过程中,声音信号在示波器上被持续检测。

录好的材料在哈斯金实验室(Haskins Laboratories)用脉冲信号调节(the pulse modulation,简称 PCM)系统数字化。使用一种快速傅立叶转换(Fourier-transform)程序对 359 个语音样品①的元音时段的起始、中间和结束处,用一个 25.6 毫秒的海明窗(Hamming window)进行声谱分析。在此项研究中,"起始处(onset)"被定义为元音时段的开始点,此处声门的脉冲是可见的。"结束处(off-set)"被定义为元音时段的终结点,此处仍有清晰的谐波构造。"中间处(midpoint)"被定义为前两点的中间。以分贝方式,计算 H1 和 H2,H1 和 F1 之间的音强差。

2.3.4 结果和分析

首先发现,在任何一个被调查的位置上,类 1 和类 3 塞音都没有持阻段带声。而类 2,尽管在句首和词首位置上没有持阻段带声,但在一个元音之后的词中位置,持阻阶段是带声的。

图 2.1、图 2.2 和图 2.3 显示了被调查人平均后的声谱数据。图 2.4—图 2.15 则显示了个人声谱数据。这些图中,A 和 B 分别显示出 H1 – H2 和 H1 – F1 的测量结果。在图例的圆括号中给出了被分析的语音样品的数量。表 2.1 和表 2.2 分别总结了对三类塞音的 H1 – H2 和 H1 – F1 测量进行的 post-hoc 和 t-test。在这两个表中,与中升调(MR)相配的类 1 塞音,与低升调(LR)相配的类 2 塞音,与中升调(MR)相配的类 3 塞音分别用 1、2、3 来代表。变化不显著的值($p < 0.01$)用下划线组合在一起。

---

① 在这些样品中,83 个是与中升调(MR)相配的类 1 塞音,92 个是与低升调(LR)相配的类 2 塞音,86 个是与中升调(MR)相配的类 3 塞音;与高降调(HR)相配的类 1 塞音和类 3 塞音共有 49 个样品。大约有 400 个样品被录下来。其中有些有问题,如非自然的停止等,自动筛选后被废弃。

	句首	词首	词中
起始处	1 <u>23</u>	1<u>23</u>	<u>123</u>
中间处	<u>123</u>	<u>123</u>	<u>123</u>
结束处	<u>123</u>	<u>123</u>	<u>123</u>

表 2.1　三类塞音 H1 – H2 测量的统计总结

	句首	词首	词中
起始处	123	1<u>23</u>	123
中间处	<u>123</u>	1<u>23</u>	<u>123</u>
结束处	<u>123</u>	1<u>23</u>	<u>123</u>

表 2.2　三类塞音 H1 – F1 测量的统计总结

如图 2.1 所示,在句首位置,三类最大的不同在于嗓音的起始处。类 2 和类 3 的 H1 – H2 值大于类 1 的 H1 – H2。可推测为:类 2 和类 3 中的第一谐波的振幅相对高于类 1 中第一谐波的振幅。对差异的分析显示出三类塞音之间明显的不同:$F(2,6) = 5.28, p < 0.05$;三个测量点(起始、中间、结束)也有很大的不同:$F(2,6) = 14.0, p < 0.006$。然而,塞音种类与测量点之间却没有明显的相互作用:$F(4,12) = 2.65, p = 0.86$。post-hot t-test 结果显示,在起始处,类 1 与其他两类显著不同:$p < 0.01$。

对于所有的塞音类型,H1 – F1 均为负值,表明 F1 强于 H1,然而 H1 – F1 值对于类 2 和类 3 来说更大。这意味着类 2 和类 3 中第一谐波的振幅相对大于类 1 中第一谐波的振幅。对差异的分析表明三类塞音之间无重大差别,$F(2,6) = 1.78, p < 0.25$;然而三个测量点之间却有很大的差异,$F(2,6) = 7.09, p < 0.03$。调类与测量点之间的相互作用是明显的,$F(4,12) = 14.22, p = 0.0002$。post-hoc t-test 的结果显示,在起始处三类塞音测量下来有明显的不同,$p < 0.01$。

看图 2.2 可知,在词首位置,结果看起来和在句首位置完全相同。类 2 和类 3 的 H1 – H2 值大于类 1 的 H1 – H2 值。这表明在类 2 和类 3 中,第一谐波振幅相对大于类 1 中第一谐波振幅。对差异的分析表明三类塞音之间有明显的不同,$F(2,6) = 7.51$,$p < 0.03$;三个测量点之间也有很大的不同,$F(2,6) = 5.52$,$p < 0.05$。然而,调类与测量点之间的相互作用不明显,$F(4,12)$ $= 36.02$,$p = 0.06$。post-hoc t-test 的结果显示,在起始处三类塞音测量下来有明显的不同,$p < 0.01$。

与句首的情况相似,在词首位置类 2 和类 3 的 H1 – F1 值更大。这意味着类 2 和类 3 的 H1 振幅比类 1 的大。对差异的分析显示三类塞音之间没有明显的差别,$F(2,6) = 2.47$,$p < 0.17$。然而三个测量点之间有明显的差别,$F(2,6) = 12.39$,$p < 0.008$。调类与测量点之间的相互作用不明显,$F(4,12) = 2.96$,$p < 0.065$。post-hoc t-test 的结果显示,在起始处,测量下来类 3 与其他两类之间有明显的不同,$p < 0.01$。

看图 2.3 可知,在词首位置,类 2 和类 3 噪音起始处的 H1 – H2 值大于类 1 的 H1 – H2 值。这意味着类 2 和类 3 的第一谐波振幅相对大于类 1 的第一谐波振幅。对差异的分析表明三类塞音之间没有明显的不同,$F(2,6) = 4.88$,$p = 0.055$;然而,三个测量点之间却有很大的不同,$F(2,6) = 14.78$,$p < 0.005$。调类与测量点之间的相互作用很明显,$F(4,12) = 16.09$,$p < 0.0001$。post-hoc t-test 的结果显示,在起始处类 1 和类 2 之间没有明显的不同,$p < 0.01$。

在词中位置,类 2 和类 3 噪音起始的 H1 – F1 值非常大。对差异的分析显示三类塞音之间有明显的差别,$F(2,6) = 5.53$,$p < 0.05$。三个测量点之间也有明显的差别,$F(2,6) = 9.22$,$p < 0.015$。调类与测量点之间的相互作用是明显的,$F(4,12) =$ 3.88,$p < 0.05$。post-hoc t-test 的结果显示,在起始处三类塞音测量下来有明显的不同,$p < 0.01$。

在所有三个位置上(句首、词首和词中),观察到的三类塞音噪音起始处的明显声谱差异在其后元音段逐渐消失。post-hoc t-test 的结果显示,在这三个位置的中间处和结束处三类塞音之间没有明显的差别,$p < 0.01$。

在这三个位置上,高降调(HF)样本和它们的中升调(MR)对应样本的 H1 – H2 值和 H1 – F1 值相似。Post-hoc t-test 的结果显示,声调差异在任何位置的任何测量点上都没有什么不同。

有一些个体差异,例如被调查人 H,我们唯一的一位女性研究对象,甚至高降调(HF)的类 1 塞音在句首位置拥有正值,如图 2.13 所示。

于是,从结果可以得出一些普遍的观察结论:

1. 对所有的三个位置来说,类 2 和类 3 噪音起始处的 H1 – H2 值和 H1 – F1 值大于类 1,差异通常是明显的。

2. 发现的塞音种类间的声谱差异在其后的元音段逐渐消失。在中间和结束处,三类之间并没有明显的不同。

3. 声谱差异同起始塞音关系更密切,而不是附着于元音上的声调。因为无论什么声调,同类塞音后面的元音段有相似的 H1 – H2 值和 H1 – F1 值。

2.3.5 讨论

发现类 2 在句首和词首位置都没有持阻段带声,但在词中位置持阻段带声。这表明,首音位置的类 2 同词中位置的类 2 的语音差异不仅仅是声学作用,因为在词首位置,塞音也是在元音间的语音环境,类 2 的不同语音显现是由语言的音系所决定的。

声谱图上可看到,在噪音起始处,类 2 和类 3 作为一组与类 1 的最大区别在于用 H1 – H2 和 H1 – F1 标准测量出的声谱上的能量分布类型。类 2 和类 3 的 H1 比类 1 相对要强。这表明,产生这两类塞音的声门可能更外展。相反,在类 1 后的噪音起始的第一谐波能量较少,这表明产生这类塞音的声门可能更内收。任念麒未发表的朝鲜语塞音的声学数据表明,同上海话一样,类 1 后的元音声谱拥有一个比类 2 和类 3 弱一些的第一谐波。Hirose, Lee and Ushijima(1974)发现朝鲜语的类 1 塞音,声带肌(VOC)在辅音除阻前就开始积极活动了。因为声带肌(VOC)的收缩会影响声道的内收松紧度,较弱的 H1 显然是内收松紧度增强的结果。上海话中的情况也是如此。最近一项对苏州话塞音的肌电测量(EMG)研究确实发现了,嗓音起始前,类 1 的声带肌(VOC)活动性增强(Iwata, Hirose, Niimi, & Horiguchi, 1991)。

得到的数据同先前研究的一些发现非常一致(Cao & Maddieson, 1988)。这两项研究都发现了上海话塞音在声谱图中的能量分布类型是不同的。在嗓音起始处,H1 在类 2 中比类 1 中更显著。

Cao & Maddieson 的研究发现,词首位置(在孤立的单音节词中)上类 1 和类 2 后面的元音声谱差异是明显的。然而,在词中位置接近,但缺乏统计意义。本次研究,尽管 H1 – H2 测量后,词中位置的类 1 和类 2 没有明显的不同,但在 H1 – F1 测量后,它们却有明显的差别。这说明,这个位置上的此两类塞音,谐波的能量分布类型仍然不同。

从嗓音起始处的声谱数据判断,类 3 是最外展的一类塞音。这并不奇怪,因为它是一种强送气塞音。这类塞音的声门姿态可被认为是达到了最大的尺寸。

元音假说提出的基础在于,类 1 和类 2 的声学差异在其后的元音段大量地被看到(曹剑芬,私人交流)。虽然我同意她的这个观察结果,但我不赞同她的解释。她认为是元音的发声对立导致塞音的不同。我的论证不是简单地建立在发现的声谱差异基础上,由于这种差异并没有扩展到整个元音段,而元音段的发声区别性可在元音段的不同部分都有声学显现。例如紧喉嗓音,在嗓音的结束处最为明显(Ladefoged, 1983)。相反,我的论证建立在发声差异只出现于塞音区别特征三分环境的音系基础上。因而,我得出结论:元音假说在此次声学研究中是不被支持的。

声调假说的支持者认为类 2 塞音后面的低升调(LR)产生阶段,声带很松弛,以至于多余的空气会从声门漏出(吴宗济,私人交流)。如此,这个假说将可预测声谱差异会反映出声调的区别性。也就是说,无论前面是什么塞音类型,低调应该比高调产生出更大呼吸气流。

理论上讲,声带的纵向松紧度决定了基频 F_0 的调节,而声带内收的松紧度决定了声门的内收和外展,这就是两种喉部松紧度的类型。基本上,它们可以被不同的喉部肌肉潜在地控制。因此,某方面的松紧可能并不伴随着另一方面的松紧。例如:紧喉噪音,一种较内收的噪音形式,虽然内收松紧度比较高,但纵向松紧度比较低(结果,基频 F_0 可以低至 36.4Hz,Laver,1980)。相反,根据 Hirano(Ladefoged,1973),用很高的音调(高纵向松紧度)唱出的元音也可有气嗓音的特质(低内收松紧度)。

声调假说的预测与我们的数据资料完全不一致。首先,我们的数据资料表明类 3 塞音最外展,即使当它与中升调(MR)——比低升调(LR)高的声调——同时出现。其次,用 H1 – H2 和 H1 – F1 标准测量出同一类塞音后的元音段拥有相似的值,这些值与声调无关。因此,我得出结论:声调假说在此次声学研究中是不被支持的。

十分引人注目的是:无论塞音属于哪一类,跟在塞辅音后的噪音起始的第一谐波在声谱上是最显著的。这可能反映出从辅音姿势到元音姿势的过渡,一种外展过渡或者是一种如 Rothenberg(Rothenberg,1968)所称的呼吸气流过渡(breathy transition)。这看上去很普遍,因为甚至比较内收的类 1 塞音后的元音都会显示出相同的类型。

然而,这并不意味着在辅音持阻时,声门通常会更加外展,因这将与声学数据资料的显示结果相矛盾,也就是:类 1 塞音特别会更加内收。相反地,这表明整个言语产生系统,包括声带和声道,都要为嗓音启动作调节。如果声带还没有恰当地内收,就使得声带必须逼近。当声门上阻塞被释放，声门上压强(Ps)大于口腔内压强(Po)，从而克服了声道阻力，穿越声门气流开始流动。结果，声带的颤动开始。可以想到的是在颤动的早期阶段，声门气流可能在瞬间变得很强，直到呼出气流的流速和压强在元音生成过程中进一步得到调整。

虽然一般的模式对所有的研究对象来说，大部分都是准确的，但如前面所讲个人变体确实也存在。然而，个人数据资料显示出与在普遍数据资料中观察到的倾向的一致性。

在两种首音位置的嗓音起始处，尽管类1塞音的H1－H2测量值通常是负值，但类2和类3塞音通常是正值。唯一一个伴随高降调(HF)的类1具有正的H1－H2值的例子发生在对象H，我们仅有的一位女性对象身上。这表明女性声音可能更加外展或者带气音。这与先前的发现是一致的，即声门循环的开商值(open quotient)——声门外展的指标——女性有更高的趋势(Holmberg, Hillman & Perkell, 1988；Löfquist & McGowan, 1992)。

正如人们所想象的，用两个标准测量出的发声差异只是一个相对的问题(Ladefoged, 1983)。例如，对象P的声门通常看起来比对象N的声门相对要外展一些。这在图2.16中有所显示，图中A部分和B部分分别展示了这两个研究对象的数据。从图可看出，对象P的H1－H2一般有更大的值，甚至是正值，表示在他的言语声谱图上具有一个相对更强的第一谐波。

与先前的研究(Cao & Maddieson, 1988)相一致，本次研究证明了用H1－H2和H1－F1去测量前塞辅音发声区别的有效性。在词中位置，类1与类2的H1－F1显著不同，而H1－H2却不是。这一事实表明，这两种测量可能是互补的。完全可预期，这些技术对于其他那些塞辅音的区别特征牵涉到发声类型的语言同样有效。当更精细的生理学技术还不可能时，这些技术特别有价值。

紧跟塞音后的元音的来源变异现象在瑞典语和英语中已经被发现了。例如，Gobl & Ni Chasaide (1988)发现，在送气塞音后的嗓音起始处有一个较陡的声谱斜坡。Löfqvist & McGowan（1992）发现,送气塞音[ph]后的嗓音起始处有更大的开商值和声门气流。对于这些不太特殊的辅音区别特征,H1 – H2 和 H1 – F1 技术可能也是有效的。

2.4 小结

1. 上海话塞音的一个特征就是其后元音的声谱差别。在嗓音起始处,类 2 和类 3 的 H1 – H2 和 H1 – F1 的数值明显大于类 1。这说明类 2 和类 3 后的嗓音起始处声谱上,H1 相对更加突显,表示此时声门可能更外展。相反,类 1 后嗓音起始处的第一谐波能量较少,表示此类塞音的声门可能更加内收。

2. 随着元音段的延伸,声谱差异逐渐小。H1 – H2 和 H1 – F1 测量下来,在中间和结束处,所有三类之间并没有显著不同。

3. 无论何种声调,以 H1 – H2 和 H1 – F1 标准测量,同种塞音后的嗓音起始处数值相似。

4. 根据实验数据和上海话音系,本次研究既不支持元音假说也不支持声调假说。

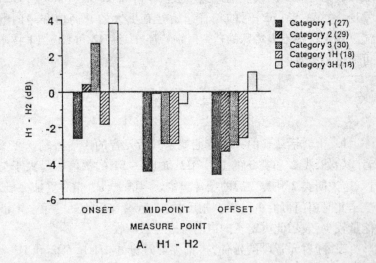

A. H1 - H2

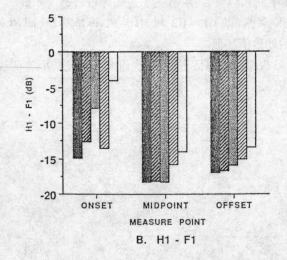

B. H1 - F1

图 2.1 句首塞音后的元音的声谱差异

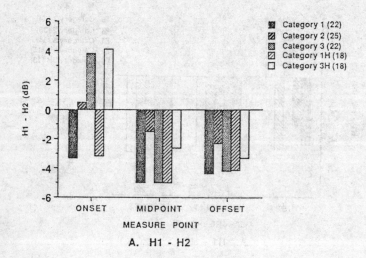

A. H1 - H2

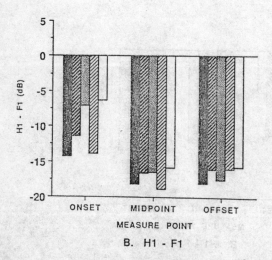

B. H1 - F1

图 2.2 词首塞音后的元音的声谱差异

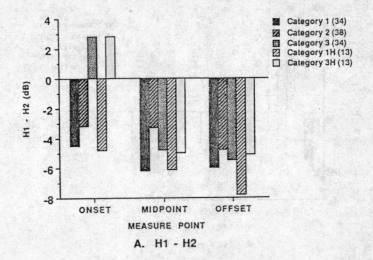

A. H1 - H2

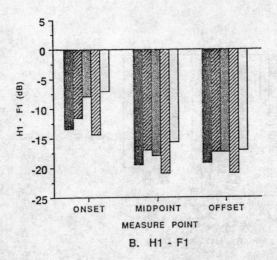

B. H1 - F1

图 2.3　词中塞音后的元音的声谱差异

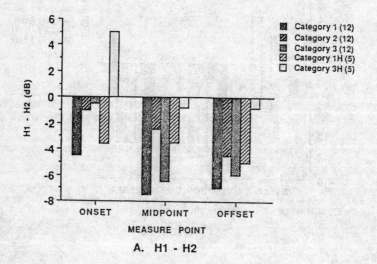

A. H1 - H2

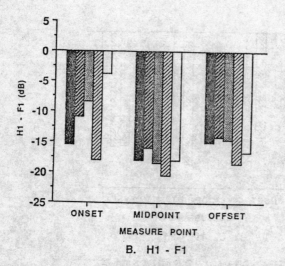

B. H1 - F1

图 2.4 对象 N 句首塞音的数据

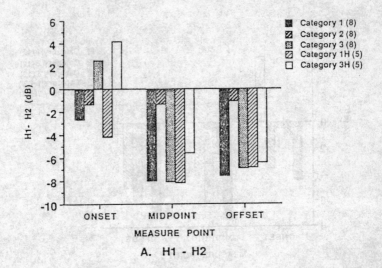

A. H1 - H2

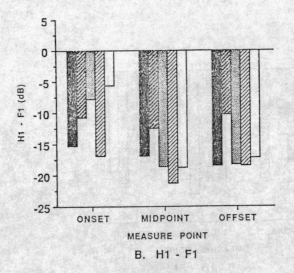

B. H1 - F1

图 2.5 对象 N 词首塞音的数据

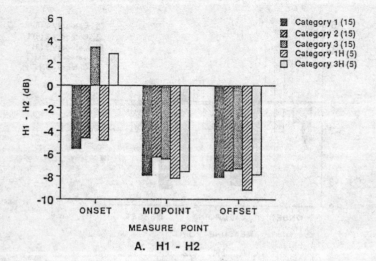

A. H1 - H2

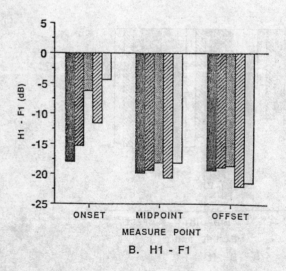

B. H1 - F1

图 2.6 对象 N 词中塞音的数据

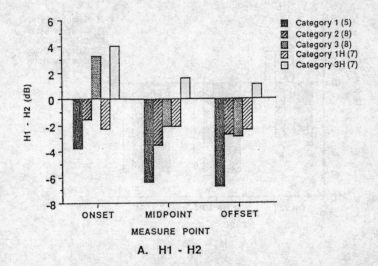

A. H1 - H2

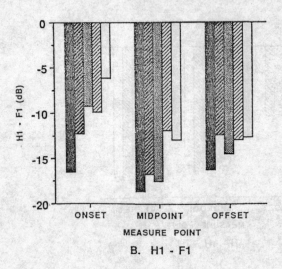

B. H1 - F1

图 2.7 对象 C 句首塞音的数据

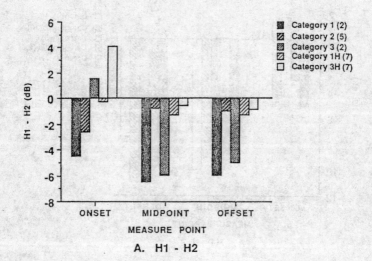

A. H1 - H2

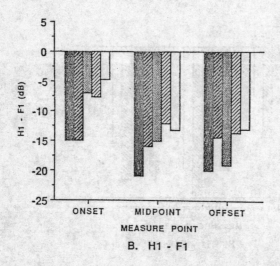

B. H1 - F1

图 2.8   对象 C 词首塞音的数据

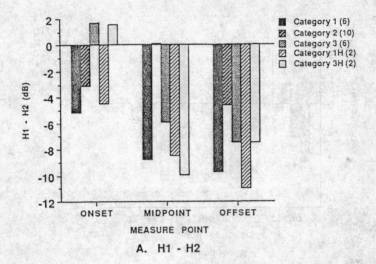

A. H1 - H2

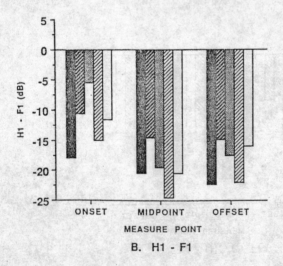

B. H1 - F1

图 2.9 对象 C 词中塞音的数据

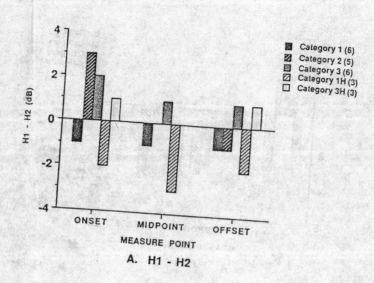

A. H1 - H2

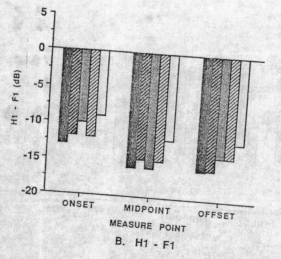

B. H1 - F1

图 2.10 对象 P 句首塞音的数据

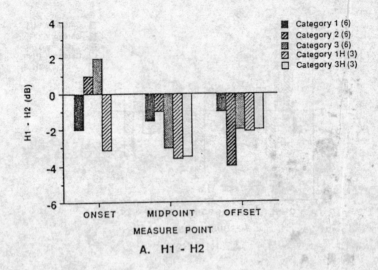

A. H1 - H2

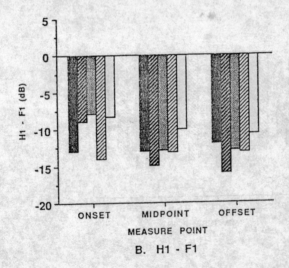

B. H1 - F1

图 2.11 对象 P 词首塞音的数据

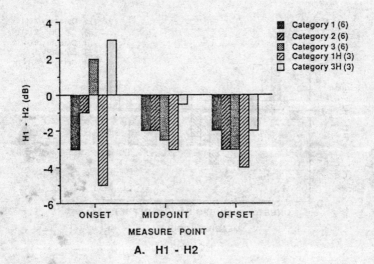

A. H1 - H2

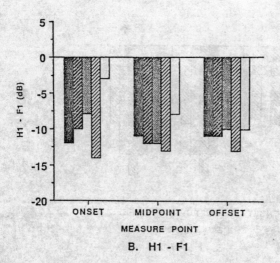

B. H1 - F1

图 2.12 对象 P 词中塞音的数据

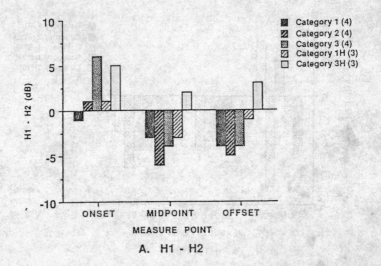

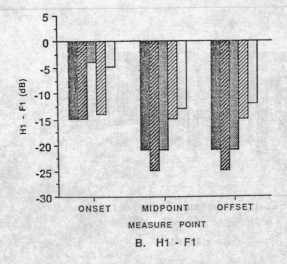

图 2.13 对象 H 句首塞音的数据

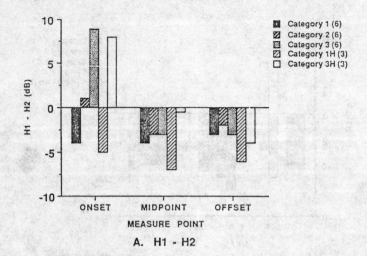

A. H1 - H2

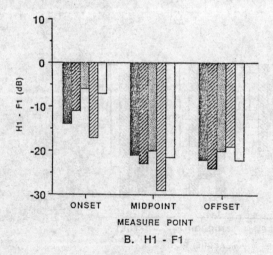

B. H1 - F1

图 2.14 对象 H 词首塞音的数据

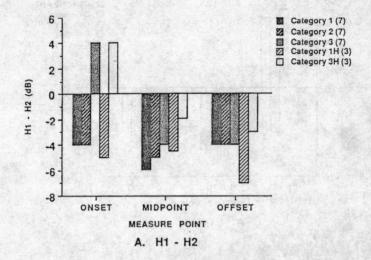

A. H1 - H2

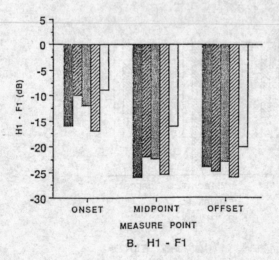

B. H1 - F1

图 2.15　对象 H 词中塞音的数据

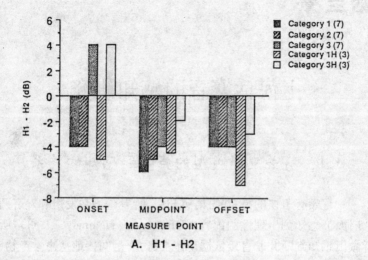

A. H1 - H2

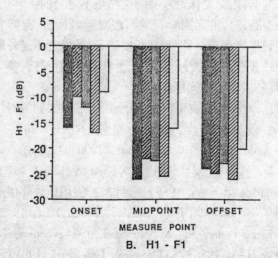

B. H1 - F1

图 2.16　对象 P 和对象 N 句首塞音的数据

第三章

上海话塞音的感知研究

3.1　有关发声类型的声学和感知的关系

一直颇有争议的是：在言语感知中，听者是否在发声和发音两个层面都感知到生理性的内容（Liberman & Mattingly，1985）。听者做出感知判断并非直接依据动作本身，而是间接地从声学产物，即言语的声音来判断，因为动作最重要的机制是不可见的。

举例来说，发浊音时，准周期蜂音的出现对听者而言，意味着声门恰当地调整到带声状态。另一方面，发清音时，通过不是外展就是内收使这种蜂音不出现，对听者而言，意味着声门恰好调整到不带声状态（常伴随着大量中间压缩）。

通过声谱信息，对更外展或更内收的语音，听者感知到的声门状态不是更外展，就是更内收。如第一谐波的突显（Bickley，1982；Jasuya & Ando，1989；Klatt & Klatt，1990；Ladefoged & Antoñarizas-Barroso，1985），或大量送气（Klatt & Klatt，1990；Ladefoged & Antoñarizas-Barroso，1985）。可以发现：用比较外展声门发出的语音的第一谐波更加突显（Bickley，1982；Dart，1987；Huffman，1987；Kirk，Ladefoged，& Ladefoged，1984；Ladefoged，1983；Maddieson & Hess，1986；Maddieson & Ladefoged，1985）。

就像生理姿势经常融合在一起，形成一个综合的、特有的音节那样（Lieberman & Blumstein，1988），它们的声学产物也是互相交叠的。关键的声学音征可能遍布于较长的音幅（span）中，而非很短一部分。比如,塞辅音的感知信息可能在辅音持阻之外的地方被找到。因此,发塞辅音时,"清 – 浊"区别特征的感知可能依靠持阻时准周期蜂音的存在与否;"送气 – 不送气"对立的感知可能依赖于更长音幅所包含的信息。因此,VOT——测量声门脉冲起始与相关塞音除阻的时间关系(Lisker & Abramson, 1964)——对这个对立的感知十分关键。

在某些情况下,噪音起始的声学信息对前塞辅音的感知也很重要。例如,共振峰的过渡段可能提供了前塞辅音发音部位的感知信息。

有学者报道(Gobl & Ni Chasaide, 1988; Löfqvist & McGowan, 1992),不同塞辅音后的噪音起始处的声源变体被发现也有相似的感知力。Chapin-Ringo(1988)显示,在英语中,当第一谐波的振幅增大时,噪音起始时间连续体会轻微地产生清化反应。

如果塞音中辅音的区别特征包括了发声类型,如"内收声门 – 外展声门",就可预测对前塞辅音的这种噪音声源感知的强大效果。

朝鲜语中,类 1、类 2 之间发现有发声类型的差异(Abberton, 1972; Hardeastle, 1973; Hirose, Lee, & Ushijima, 1974; Kagaya, 1974; Kim, 1965; 1970)。任念麒的未发表的声学数据显示,第一谐波在类 2 后的元音声谱中比类 1 更突显。可以相信,这种声谱差别可能在区分两类塞音中起到了感知作用。

在上海话中发现,类 1 和类 2 后的噪音起始存在稳定的声谱差异。类 2 后噪音起始处的第一谐波具有更强能量(Cao & Maddieson, 1988)。考虑到上海话中不同塞音后噪音起始的声谱差异如此稳定,估计此声谱差异对区分前塞音会有感知作用力。

清、浊塞辅音后面不同的 F_0 微小变化在言语中已大量发现(House & Fairbanks, 1953; Lehiste & Peterson, 1961; Hombert, Ohala, & Ewan, 1979; Ohde, 1984)。研究认为这种变体可作为感知清、浊塞音的声学音征(如:Haggard, Ambler, & Callow,

1970；Abramxon & Lisker，1985 提供了有限因素；Silverman，1986；Whalen，Abramson，Lisker，& Mody，1990）。在塞辅音附加发声区别特征的语言中,如那些更加外展的音,也就是传统所说的气嗓音,F_0信息也起了重要的感知作用（Schiefer，1986）。

甚至像上海话这样有声调的语言,F_0信息规定了声调,F_0对塞音感知也有用。词首塞音后面,音高对立可能提供了一个感知的音征。从图3.1 可见:在词中位置,声调被认为已经中和（许宝华、汤珍珠、钱乃荣,1981）,不同塞音类型后的 F_0 变体也同样存在。此图中,A 部分和 B 部分分别展示了两个上海本地发音人词中位置塞音后的 F_0 数据。这些数据是对每类塞音的 10 个语音样本的平均。

可以看到,对于对象 P,紧跟类 1 后的元音音段（底层调值为中升 MR）起始处很高,接着下降再上升。紧跟类 2 后的元音音段（底层调值为低升 LR）起始处较低,随后一直上升直到结束。因此,两类 F_0 之间的差别从起始处的 13Hz,到第 10 个周期下降至5Hz。对象 N 的数据具可比性,除了紧跟类 2 后的元音音段有一条下降再上升的声调曲线, F_0 的差别比较大,从起始处的31Hz,到第 10 个周期的12Hz。但是需要注意,这下降仅仅出现在第 1 周期,F_0从第 2 周期开始上升保持到结束。由于前 10 个周期 F_0 差别的弱化量较为接近,对象 P 为62% ,对象 N 为61% ,所以这个较大的 F_0 差别也许是个人风格。

上海话塞音的感知研究做得非常少。曹剑芬（1987）发表了两篇上海话塞音的感知实验。在第一个实验中,自然状态下的话语是交叠拼接的,比如在样品中,将类 1、类 2 塞音后分别接上原来属于对方的元音部分。结果表明,研究对象是依靠元音部分的信息做出判断的,即:如果测试样品中的元音部分原来前面是类 1塞音,研究对象就听成类 1。如果测试样品中的元音部分原来前面是类 2 塞音,研究对象就听成类 2。这并不令人惊奇。任念麒的声学数据显示,类 1、类 2 在 VOT 上相交叠,说明这种对立可能并不是通过通常的"带声－不带声"和/或"送气－不送气"角度而获得的。由于这种对立缺少任何在噪音起始之前可听到的区别性成分,感知的承载自然由其后的元音音段担任。元音音段确实存在许多潜在的声学音征,如 F_0、发声差别以及元音音段的时长等。这些特征每个都可能是充裕的,尽管对感知上区分两种塞音并不是必需的。由于这些因素在曹剑芬的实验中没有被区分出来,所以她的发现无法给出是什么实际造成了感知的专门答案。

曹剑芬的第二个实验进一步证明了 F_0 对上海话孤立词的声母塞音的重要性。她报道,模仿上海话的合成音节中一个较低的起始 F_0,会引起更多类 2 塞音的判定。这个可以解释为 F_0 在感知方面起了重要作用,但声谱差别是否就是上海话塞音的本质特征,还是存有疑问。

我的假设是:1)类 1、类 2 后元音音段的声谱坡度差别对感知上区分两类塞音有一定作用力。2) F_0 在两类塞音的感知上也起到了作用。

3.2　感知实验的目标

感知实验的目标是:1)研究不同前塞辅音(类 1 和类 2)后的元音声谱坡度差别的感知作用。2)检测声谱坡度差别和起始 F_0 在感知上的关系。

3.3　感知实验

3.3.1　测试样品

这次实验选择了词中位置的类 1 和类 2 的齿塞音。因为词中塞音后的负载于元音上的声调通常被中和了,词中位置就避免了由于声调的区别性而引起的复杂情况。实验材料既可采用自然言语,也可用合成言语。但这里不采用自然言语,因为把声谱差异的感知力同其他特征(如:前元音段的时长、持阻带音、持阻时长等)区分开来是很困难的。

使用哈斯金实验室(Haskins Laboratories)的共振峰合成器软件,合成出一组元音音段初期部分有变化着的 H1/H2 振幅比率的词中塞音。这一组测试样本只在声谱低端的能量分布模式上相互区别,通过合成程序使用开商参数来实现。开商就是声门打开段的时长与完整的声门开合时长的比率。

声学数据(Cao & Meddieson, 1988)表明类 1 和类 2 的声谱差别主要发现在后接元音的初期阶段。因而,测试样本的前 100ms 的周期激发过程中,开商从变动的起始值变成了 0.45,这个值在音节的剩余部分保持不变。

为示范嗓音选择起始开商值为 0.45,这是更外展嗓音(使之成为类 2 后接元音段的初期部分)和更内收嗓音(使之成为类 1 后接元音段的初期部分)的中间值。这样,9 个基本测试样本构成了一个连续体:样本 1 最外展(开商 = 0.85),样本 9 最内收(开商 = 0.05),分别等量地减少和增加开商值而逼近 0.45,这一最终需要的中间值。选择看上去是两种嗓音的其他参数的中间值,如:前元音的时长、持阻带音和持阻时长。F_0 为相同曲线:在 100ms 过程中,从起始处 120Hz 微升至 135Hz。

通过将以上每个样本原始的起始 F_0 提升和降低 10Hz,得到另外两组附加的测试样本。这样,样本 10 到样本 18 有 130Hz 这样一个较高的起始 F_0,而样本 19 到样本 27 有 110Hz 这样一个较低的起始 F_0。

测试样本完成后,马上对合成材料和自然言语进行比较。样本的元音声谱看上去同那些自然言语很相似,因为对于有大开商值的样本来说,元音段的初期部分的第一谐波有相对更强的能量。图 3.2、图 3.3 和图 3.4 分别显示出基础样本、F_0 提升样本和 F_0 降低样本的声谱差异。A 部分和 B 部分分开展示了 H1 − H2 和 H1 − F1 值。

测试样本放在"鞋 ɦɑ13"后,组成鞋带 ɦɑ13 tɑ34,或鞋大 ɦɑ 13 dɑ13①。两者间有句法差别。前者是一个名词短语,后者是一个动词短语,但由于自然言语中两个结构采用相同的连读变调规则和重音规则,所以不影响测试材料的合适性。

3.3.2 研究对象

10 个上海本地人参加了这次实验。6 名男性和 4 名女性,年龄在二十七、八岁到三十四、五岁之间。他们都在上海出生和长大,在美国定居的时间是半年到五年半。他们没有说和听的问题。两个对象已经参加过声学实验。

3.3.3 方法和过程

研究对象坐在一个安静的房间内,通过耳机听测试样本。在正式测试前有一个训练部分,帮助对象熟悉测试材料和任务。每页测试纸上,顶端有鞋带和鞋大,分别表示"鞋子的带子"和"鞋子是大的"。研究对象的任务是:根据听到的内容必须作出一个选择。为力图减轻疲劳,研究对象在测试过程中休息两次,各有 10 分钟。

3.3.4 结果和分析

图 3.5 显示了对 9 个对象测试的平均结果。A 部分、B 部分和 C 部分分别显示了对象对原始、提升和降低 F_0 测试样本的反应。横坐标为样本,从最外展的样本 1,开商值逐渐降低。纵坐标为对象反应的百分比。类 1 和类 2 反应在图例中分别用 T 和 D 代表。

可以看出,对象把有着大开商值的样本感知成类 2,把有着小

---

① "大"也可发成 du13,特别当它作为一个形容词时。为去除这一混淆,研究对象被告知"大"发成 dɑ13,而不是 du13。没有人对此表示不适。

开商值的感知成类 1。一般来说,开商值越大,越容易感知成类 2 (样本 1 和样本 2 在次数上分别有 99% 和 96% 被听成类 2),开商值小,越容易感知成类 1(样本 8 和样本 9 在次数上分别有 88% 和 94% 被听成类 1)。交叉发生在样本 5 附近。

如 B 部分所示,较高的起始 F_0 导致更多的类 1 判定。在这种情况下,与类 2 判定的交叉转向样本 13 附近。一种两组成对、双尾的 t-test 显示了提升 F_0 的样本组的类 1、类 2 判定交叉与原始 F_0 组的类 1、类 2 判定交叉之间的差别:$t(8) = 11.77, p < 0.0001$。这种交叉转变导致了更多的类 2 判定。可以看出,有着大开商值的测试样本仍然导致更多的类 2 判定。比如,样本 1 被听成类 2 的次数是 89%。

相反,从 C 部分来看,当降低 F_0,与类 1 判定的交叉转向样本 24 附近。一种两组成对、双尾的 t-test 显示了降低 F_0 的样本组的类 1、类 2 判定交叉与原始 F_0 组的类 1、类 2 判定交叉之间的差别:$t(7) = 57.43, p < 0.0001$。然而,有着小开商值的测试样本仍然导致更多的类 1 判定。比如,样本 9 被听成类 1 的次数是 87%。

第 10 个研究对象 X 对测试样本的反应同其他对象有着很大不同。他的数据显示在图 3.6。比较清楚的是,他倾向于把基础组中有着较大开商的样本感知成类 1,同其他对象的情况正好相反。他把大部分提升 F_0 的测试样本听成类 1,变成了没有类的区别。有着较低起始 F_0 的样本大多使他作出类 2 反映,但有着足够多的类 1 才产生了类的区别。

同他对原始 F_0 测试样本组的反应相似,两组改变 F_0 的样本组中有着较大开商的样本对他的类 1 判定有着一定作用,而有着较小开商的样本大大引发他的类 2 判定。从这些发现看,有两点很明显:1)他对两类塞音的感知,很明显 F_0 起了主导作用。2)由于某些令人困惑的原因,他的塞音类型与声谱差别间的联系同其他对象正好相反。为避免对象数据平均后模糊不清,此对象的数据区别对待。

9 个对象也存在着个体差异。比如,对相同的样本,不同的对象会给出不同的语音值。在图 3.7 中,对象 N 和对象 Q 的数据分别展示在 A 部分和 B 部分。对于 N 来说,大部分有着原始 F_0 的样本被听成了类 2。只有当开商达到很小值,大概 0.1 时,他才开始把样本标成类 1。而对于 Q 来说,类的转换发生得很早,样本 4 和样本 5 之间,样本的开商大概是 0.5。显然,某些测试样本 N 认为是较外展的音,Q 则感知成较内收的音。

　　被发现的另一种个体差异是 F_0 变化作用于对象对两类塞音的感知上。对于大部分对象来说,通常把起始 F_0 提升或降低 10Hz 仅仅将交叉向左或向右转变一个样本,但对于某些对象来说则观察到了更为剧烈的影响。比如,改变起始 F_0 后,Q 和 N 把交叉改变得更多。这在图 3.8 和图 3.9 中可看到,A 部分、B 部分和 C 部分分别展示了他们对基础样本、提升了 F_0 的样本和降低了 F_0 的样本的反应。

　　对于 Q,在基础样本组中,类转变发生在样本 4 和样本 5 间;提升 F_0 的组在样本 11 和样本 12 间;降低 F_0 的组在样本 25 左右。在后两组中,类边界被推至两个样本之外。

　　N 的情况更剧烈。在基础组中,他的类转换发生在样本 8 和样本 9 间,判定为类 1 只有一个。当提升 F_0,类转换被推至样本 11 和样本 12 间,6 个样本向类 2 转换。在降低 F_0 的组中,差不多所有的样本都被判定为类 2。

　　另一种有关 F_0 作用的个人变体是:提高或降低 F_0 对感知的影响不一样。对于大部分对象来说,提升或降低 F_0 导致相同程度的类边界转换,但对于 W,提升 F_0 比降低 F_0 的作用大得多。这可看图 3.10,A 部分、B 部分和 C 部分分别展示了他对基础样本、提升 F_0 的样本和降低 F_0 的样本的反应。从图可看出,在基础样本组中,类边界出现在样本 6 左右。在提升 F_0 的组中,类边界被推前了 3.5 个样本左右才判定为类 2;而在降低 F_0 的组中,类边界只改变了大约 1.5 个样本左右就判定为类 1。

3.3.5 讨论

结果显示,对象确实通常都能区分有着原始 F_0 样本中的两类塞音。因为只有一个变量——开商,所以可以肯定是声谱陡坡的差别才引起感知。也就是说,对象是利用后接元音段的初期部分的声谱信息来感知发声差异。这同本次研究的声学数据,以及过去的研究(Cao & Maddieson,1988)相一致。

F_0 也对感知有作用。样本 F_0 的改变导致类边界明显的改变。较高 F_0 趋向于引发更多的类 1 判定,较低 F_0 趋向于引发更多的类 2 判定。当 F_0 改变,声谱的谐波结构也改变,由于 F_0 改变将改变谐波间的距离。可以想象,这种声谱变化会影响 H1 – H2 和 H1 – F1 测量值的结果。然而,这是否就是造成被改变了 F_0 的组出现交叉处明显转换的唯一因素? 为澄清这一问题,让我们检查一下图 3.5,把它同图 3.2、图 3.3 和图 3.4 作对比,后三图分别显示了基础样本组、提升 F_0 的组和降低 F_0 的组的声谱差异。

有着原始 F_0 的样本中,交叉出现在样本 5 附近,此处 H1 – H2 和 H1 – F1 都是 –4dB 左右。在提升 F_0 的组中,交叉转变到样本 13 附近,此处 H1 – H2 大约是 0dB,H1 – F1 大约是 –1dB。在降低 F_0 的组中,类边界的转变发生在样本 24 附近,此处 H1 – H2 大约是 –4dB,H1 – F1 大约是 –6dB。

假如声谱变化是引发这些被改变了 F_0 的样本的交叉处转换的唯一因素,那么,对于被提升了 F_0 的样本来说,类转换应该发生在样本 14 附近,那里 H1 – H2 和 H1 – F1 都是 –4dB 左右;而对于被降低了 F_0 的样本来说,转换应该发生在样本 23 和样本 24 之间,那里 H1 – F1 是 –4dB 左右。

看起来 F_0 本身可造成被改变了 F_0 的样本的交叉处的转换,考虑到塞音后元音段的 F_0 差别,就很容易解释了。如前所述,类 1 后的元音比类 2 后的元音有更高的起始 F_0。对此的解释是:较高的起始 F_0 与类 1 相联系,较低的起始 F_0 与类 2 相联系,早就建立在听者脑中了。

发现个体差异毫不奇怪。产生的数据表明:说一个说话人能通过 H1－H2 尺度区分发声类型,只是相对而言(Ladefoged,Maddieson & Jackson,1988),很有可能某一说话人更外展的嗓音是另一说话人更内收的嗓音,这看来能得到实验结果的支持。从图 3.7 可看出,被某一对象听成更外展声门的测试样本,另一个对象可能听成更内收的声门。

正如所讨论的那样,如果感知与产生只是同一个硬币的两面(Liberman & Mattingly,1985),感知与产生之间应该具有某种联系。在声学研究中,发现 N 的言语比 P 的言语更内收(详细情况见图 2.16)。现在,N 的感知数据(见图 3.9)显示:对于他来说,只有具有非常小开商的最内收的样本才能使他得出类 1 的判定。这同他的语音产生数据是一致的。

3.4 结论

1. 类 1 和类 2 后元音段的声谱斜坡差异具有一定的感知作用力的假说,在感知实验中得到了支持。声谱斜坡差异确实能区分前塞辅音,一个更陡的声谱斜坡(H1 更强)作为类 2 的标志。

2. 元音起始 F_0 也能引起对前塞辅音的感知。这可用类 1、类 2 后的元音起始处的 F_0 差别来解释。

3. 在产生语音过程中,感知层面存在个体差异。某一个对象听起来更外展的音,另一个对象可能感知成更内收的音。F_0 对两类塞辅音感知的影响,不同对象也是不一样的。

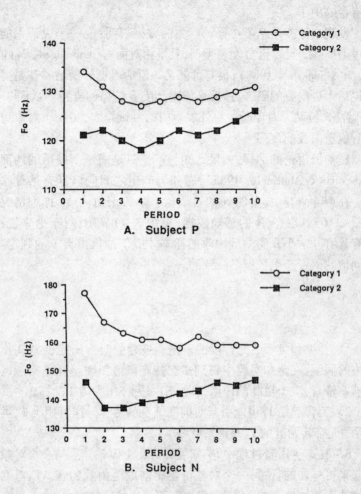

图 3.1　P 和 N 的词中塞音后的元音的 F_0

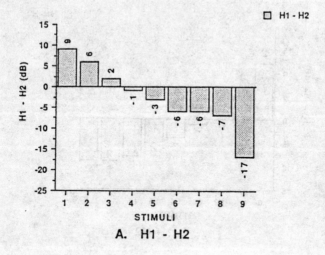

A. H1 - H2

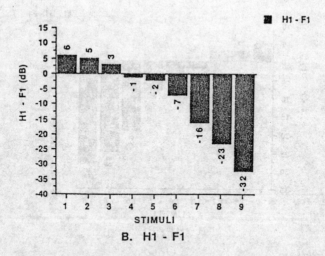

B. H1 - F1

图 3.2 有着原始 F_0 的测试样本的声谱差别

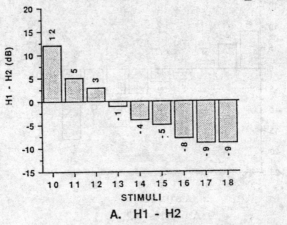

A. H1 - H2

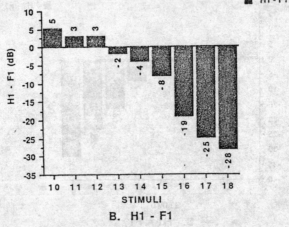

B. H1 - F1

图 3.3　有着提升 F_0 的测试样本的声谱差别

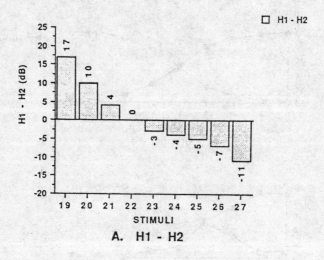

A. H1 - H2

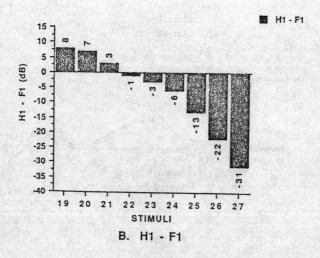

B. H1 - F1

图 3.4 有着降低 F_0 的测试样本的声谱差别

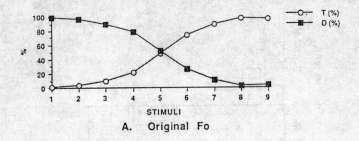

A. Original Fo

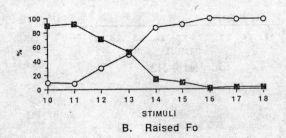

B. Raised Fo

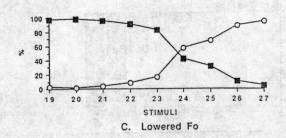

C. Lowered Fo

图 3.5　感知综合数据

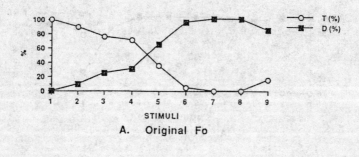

A. Original Fo

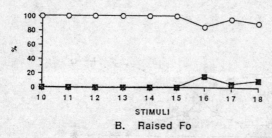

B. Raised Fo

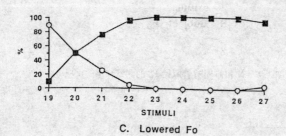

C. Lowered Fo

图 3.6　X 的数据

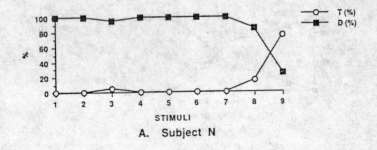

A. Subject N

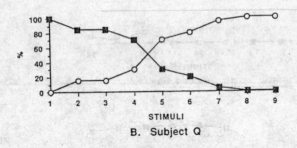

B. Subject Q

图 3.7　N 和 Q 对有着原始 F_0 的测试样本的反应

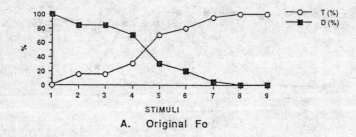

A. Original Fo

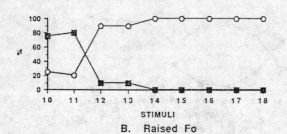

B. Raised Fo

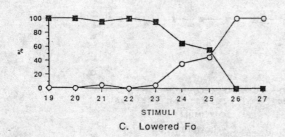

C. Lowered Fo

图 3.8 Q 的数据

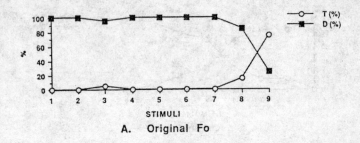

A. Original Fo

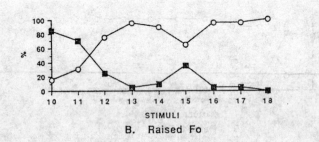

B. Raised Fo

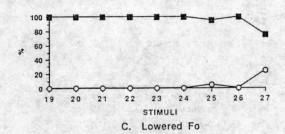

C. Lowered Fo

图 3.9　N 的数据

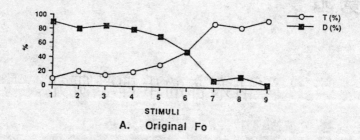

A. Original Fo

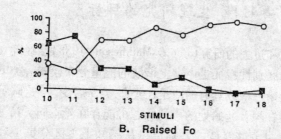

B. Raised Fo

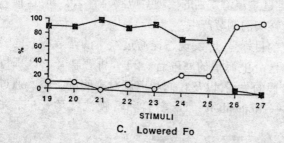

C. Lowered Fo

图 3.10　W 的数据

第四章

上海话塞音的生理学研究

4.1 生理研究的目标

声学研究和过去的研究(Cao & Maddieson, 1988)已经确立了上海话塞音的区别性特征是声谱上谐波的能量分布模式。类1后的噪音起始处第一谐波具有的能量比类2、类3后少。[①]这暗示了三个塞音类型在噪音起始处的声门状态可能存在着不同。第三章的感知研究表明声谱斜坡的差别足以从感知上去区分类1和类2。接下来的问题是声谱差别的生理对应物是什么？如:这种声谱差别怎样通过喉头的调节产生？

生理研究的目标是:1)发现怎样通过喉头的调节和它同喉上部位的配合来区分上海话的塞辅音。2)分析塞辅音的区别特征和后面的元音段的关系,以及它们和声调对立间的关系。通过两个生理实验——Rothenberg 面罩实验和透视法实验——来完成目标。

4.2 Rothenberg 面罩实验

4.2.1 实验目的

为便于讨论,让我们从附加参数的一次声门循环气流的一个

---

① 在 Cao & Maddieson (1988)中,只研究了类1和类2。

简短说明开始,参见下图:

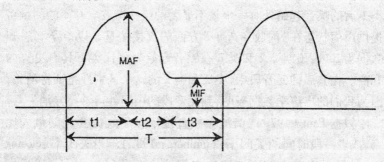

图4.1   一次声门循环的示意图

这里:T,声门循环的时长。

t1 + t2,声门循环的张开阶段。

t3,声门循环的闭合阶段。

t1,声门张开阶段的正在打开的部分。

t2,声门张开阶段的正在关闭的部分。

开商(张开阶段和整个声门循环的比率) = (t1 + t2)/T。

速度商(张开阶段中正在打开的部分 t1 和正在关闭的部分 t2 之间的比率) = t1/t2。

最大气流,张开阶段的最大气流。

最小气流,闭合阶段的最小气流。

本次研究的声学数据和过去的研究(Cao & Maddieson,1988;)表明,第一谐波(H1)和第二谐波(H2)之差,可表述成H1 – H2,在类2和类3后的噪音起始处比在类1后的噪音起始处要大。这说明声谱斜坡在类2和类3后的噪音起始处更陡。第一谐波的显著性与开商相联系(Huffman,1987)。一个小开商通常意味着一个较不显著的第一谐波,相对于较高的谐波而言。这已在朝鲜语塞音中得到证实。在她的声门阻抗研究中,Abberton (1972)发现类1后的原因起始的波形类似于有着一段较长闭合阶段紧喉噪音的波形。任念麒还未发表的朝鲜语声学数据表明，类1后的噪音起始处有一个较不显著的第一谐波。开商的测量将提供声门状态在"内收－外展"方面的直接信息。以声学和感知数据为基础，预期类2和类3在噪音起始处将比类1具有更大的开商。在其后的元音段中，类2和类3的这个区别性特征将消失，因为我们的出声学数据表明，到元音段的中间处声学差异消失。

根据Fant（1979），谐波振幅直接依赖于气流变化的最大比率，或者一段时间的关闭率（Sundberg，1987）。当关闭（closing rate）增加，声谱中较高谐波的支配地位上升（Sundberg，1987）。假定打开率（opening rate）恒定，速度商（speed quotient）就与关闭率紧密关联，可预期速度商的任何变化都可影响声谱高部的能量水平。说到速度商与F_0的关系，Baken（1987）报道说速度商本质上不受F_0的影响。非常有意思的是看一下，当喉部设置符合发声类型和F_0相互作用的要求时，对速度商有没有作用。

最大气流（maximum airflow）直接与第一谐波的振幅有关（Sundberg，1987）。最小气流（minimum airflow）是闭合阶段气流的指标。这两个气流参数是紧密关联的。它们已被发现能显示变体的相同模式（löfqvist & McGowan，1992）。可以相信的是，最大气流和最小气流都与开商有密切关系，而开商是与第一谐波的振幅及声门漏气率（glottal leakage）有关。然而，既然最大气流和最小气流不仅由声门状态决定，而且还取决于空气动力条件，它们可能不完全与开商相关联。预期在噪音起始处，同类1相比，类2和类3会有较大的最大气流值和最小气流值。然而，其后差别将会变小。

为获取开商、速度商、最大气流和最小气流数据，进行了Rothenberg面罩实验。在这个实验里，通过测量声门循环数也获得了F_0数据。目的是：一方面弄清与发声类型有无关系；另一方面弄清与F_0（这里由调位〔phonemic tones〕来表形）有无关系。

4.2.2 实验话语

话语包括在词首和词中位置都出现的三类塞音。选择一个低元音以保证第一共振峰比第一谐波高得多。与三个声调相联系，给出五个重叠的音节：摆摆 pɑ34 pɑ34，排排 bɑ13 bɑ13，派派 p'ɑ34 p'ɑ34，爸爸 pɑ53 pɑ53 和趴趴 p'ɑ53 p'ɑ53。除了意思是父亲的"爸爸"之外，其余的都是假定的双音节人名。它们都出现在下面这个载体句中：

叫＿＿跑

tɕiɔ34 ＿＿bɔ13

"让＿＿离开"。

这样，在第一音节和第二音节的塞音就分别在词首和词中位置了。

4.2.3 研究对象

两个上海本地人，N(也是声学研究和感知测试中的研究对象)和 C(也是声学研究的研究对象)参加了本次实验。两个对象都在上海出生、长大。他们在美国居住时间分别是四年和两年。根据观察，他们都没有言语问题。

4.2.4 方法和过程

用一个面罩将嘴、鼻子和一个敏感的压力传感器一起罩住(Glottal Enterprises)，根据 Rothenberg(1973)所描述的方法将口腔气流记录下来。一个金属网提供了覆盖部分面罩的线形气流的阻力。这个系统平坦的频率响应从 DC 到超过 1KHz。气流量在每一个记录部分之前和之后用一个流量计调整。必须记住，用目前方法记录的信号来自于口腔和鼻腔所有的气流。

最近一项研究(Badin, Stellan, & Karlsson, 1990)发现，频率低于 1KHz 的穿过面罩的言语信号不会变形。既然我们感兴趣的信号远低于1KHz，这个技术很适合当前的研究。

气流信号被反转过滤（inverse-filtered），通过抵消声道传递功能的声学影响来重新获得声门脉冲。经过硬件的反转过滤后，第一和第二共振峰的轨迹依然存在，还要用 ILS 信号处理包（ILS signal processing package）的 LFI 程序的线形阶段过滤器，进一步数码化地低通过率过滤掉。

以 12 – bit 分辨率（无预加重），气流信号用 10KHz 采样。数码过滤的分离频率是 500Hz。传统的声学记录同时录制在一个多通道立体声录音机里。（更详细的情况参见 Löqvist & McGowan〔1992〕。）

每个研究对象都坐在一个牙科椅子上，被要求用固定而舒适的音高、响度和速度朗读。他们读用汉字写在一张纸上的实验话语。包含在载体句中的片语次序是：中升调（MR）的类 1、低升调（LR）的类 2、中升调（MR）的类 3、高降调（HF）的类 1、高降调（HF）的类 3。对象按上述所列次序将话语读 15 遍。在正式记录前，每个对象都被要求作一些试读，这样可为反转过滤硬件抵消元音稳定阶段的共振峰作一个合适而恒定的设置。

手工测量位于起始和中间位置的目标塞音后的元音。对每一个声门循环，三个有关点作上记号：t1、t2、t3 的起始点（参见图4.1）。根据信号的突然变化定义这些点。使用 BMDP 软件包的很多统计程序获得总的统计数据。

4.2.5　结果和分析

图4.2—图4.31 显示了 N 和 C 的三类塞音的开商、速度商、最大气流、最小气流的平均值和 F_0 数据。有三组图：一组展示中升调（MR）的类 1、低升调（LR）的类 2 和中升调（MR）的类 3 的数据；另外两组分别比较类 1 和类 3 的高降调（HF）和中升调（MR）变体。所有图中，A 部分和 B 部分分别显示 N 和 C 的数据。后跟高降调（HF）的塞音用（H）表示。每个位置的每类塞音，N 和 C 分

别有 10 个、8 个样本。[①]

展示 F_0 数据的图中，X 轴表示周期。注意两个不同：首先，两个对象的平均 F_0 不同；其次，甚至对于同一对象，由于低调的声门循环要长于高调的声门循环，如 N 的 P13 的例子中，某一特定周期代表的时间点在低调元音段中要晚于高调元音段中。因而，理解时间信息必须作这些考虑。

既然声学数据显示只在元音段的初期部分声学差异很明显，那么对特定数据点进行统计将更合理。因而对声门四个周期：第 2 周期（P2）、第 4 周期（P4）、第 6 周期（P6）和第 8 周期（P8）的开商、速度商、最大气流、最小气流和 F_0 数据进行偏差分析及其后的复合测试。表 4.1 和表 4.2 归纳了统计结果。这两个表中，类依

位置 \ 参数		开商	最大气流	最小气流	速度商	F_0
词首	P2	4 1 2 3 5	4 1 2 3 5	1 4 2 3 5	5 3 4 1 2	2 3 1 5 4
	P4	4 1 2 3 5	4 1 3 5 2	4 1 3 2 5	3 4 5 1 2	2 3 1 5 4
	P6	4 2 5 1 3	4 1 3 5 2	4 1 3 5 2	5 3 1 4 2	2 3 1 4 5
	P8	2 1 3 4 5	4 3 5 1 2	4 1 5 3 2	4 5 1 3 2	2 3 1 5 4
词中	P2	1 2 4 5 3	2 4 1 5 3	2 4 1 5 3	3 5 2 4 1	2 5 4 1 3
	P4	4 1 5 2 3	2 4 1 5 3	2 4 1 5 3	5 3 2 1 4	2 5 4 3 1
	P6	4 5 1 2 3	4 1 5 2 3	4 1 2 5 3	2 3 1 5 4	5 2 4 3 1
	P8	4 2 1 5 3	4 1 5 3 2	4 1 2 5 3	3 5 2 1 4	5 4 2 1 3

表 4.1　N 数据的统计总结

---

① 每个对象都从 15 个样本中取出 10 个作分析。C 的 10 个作为分析的样本被去除掉 2 个，因为跟在目标塞音后的元音对于统计分析来说太短了。

据计算后的值进行排列。差别不显著的值用下划线组合在一起。置信度为95%。测量参数的平均值在附录 A 中给出。在附录和表格中,中升调(MR)的类1、低升调(LR)的类2、中升调(MR)的类3、高降调(HF)的类1和高降调(HF)的类3分别用1,2,3,4,5来代表。

位 置	参 数	开 商	最大气流	最小气流	速度商	Fo
词首	P2	1 4 2 3 5	1 2 4 3 5	1 2 3 4 5	4 5 2 1 3	2 3 1 4 5
	P4	1 4 2 3 5	4 1 2 3 5	1 2 4 3 5	5 4 3 2 1	2 3 1 4 5
	P6	4 1 3 2 5	4 1 2 3 5	1 4 2 3 5	5 4 2 1 3	2 3 1 4 5
	P8	4 1 3 2 5	4 1 2 3 5	4 1 2 3 5	5 4 2 1 3	2 3 1 4 5
词中	P2	1 4 2 3 5	1 2 4 3 5	1 2 4 3 5	5 4 1 3 2	2 3 4 5 1
	P4	4 1 3 2 5	1 4 3 2 5	1 4 2 3 5	5 2 4 1 3	2 3 4 5 1
	P6	1 4 2 3 5	1 4 3 2 5	1 4 2 3 5	5 3 1 4 2	2 3 4 5 1
	P8	1 4 2 3 5	4 1 2 3 5	4 1 2 3 5	5 3 1 4 2	3 5 4 2 1

表4.2　C 数据的统计总结

4.2.5.1　开商

词首塞音

如图 4.2A 所示,对于 N 来说,词首位置三类塞音的开商差别在嗓音起始处最显著。以开商值排列的次序是:类1<类2<类3。统计显示,三类塞音在第2周期(P2)差异非常大。然而,差异随后变小。因此,在第4周期(P4),类2和类3间无明显不同。在第6周期(P6)和第8周期(P8),所有类别间都无明显不同。

C 的情况很类似。从图 4.2 可看出,三类塞音的开商在嗓音起始处差别最大。第2周期的开商值排列顺序与N相同。类2和类3在统计上的差别不显著。但作为一组,它们同类1有着显著不同。差别在随后元音段上变小。在第4周期(P4)、第6周期(P6)和第8周期(P8),三类塞音间都无明显不同。

词中塞音

从图4.3A可看出,在词中位置上,N最大的开商差别仍然在第2周期(P2)。类1<类2<类3,这一次序保持不变。但组合不同。类1和类2间无显著差异。在随后元音段上差异变小,到第6周期,三类塞音不再相互不同。

有关C,图4.3B显示最大的开商差别在第2周期(P2)。次序仍然是类1<类2<类3。类2和类3在统计上的差别不显著。但作为一个组合,它们同类1有着显著不同。开商差异随后变小,虽然类2和类3作为一组同类1还是明显不同。

对于两个对象来说,在词首和词中位置都能发现的一个一致特点是:三类塞音在噪音起始处的开商值最大,经过最初的几个周期后迅速变小,一定时间后变平稳。

4.2.5.2 速度商

词首塞音

速度商的模式同开商相当不同。从图4.4A看出,N词首位置的速度商在最初三个周期升高,而不像开商从起始处就下降。第2周期(P2)速度商的排列次序为:类3<类1<类2。类1和类2的差别不显著。但作为一组,它们同类3差别很大。差别在随后元音段上变小。在第4周期(P4)、第6周期(P6)和第8周期(P8),三类塞音间都无明显不同。

如图4.4B所示,C在词首位置的速度商同样在最初三个周期从噪音起始处升高。统计上,类1和类3的差别不显著,但作为一组同类2有着明显不同。类别间的差异随后变小,到第4周期(P4),相互间就没有明显不同。然而,在第8周期,类1和类2的差别又一次变得很明显。

词中塞音

在词中位置,从图4.5A可明显看出,N的最大的速度商差别在噪音起始处。按速度商值排列的顺序是:第2周期,类3<类2<类1。然而,在第1周期(P1),类3<类1<类2,同词首位置一样。不像词首位置的情况那样,三类塞音在所测量的四个周期,差别不是很明显。

从图4.5B可看出,C在词中位置最大的速度商的差别在噪音起始处。在第2周期,速度商值的排列次序是:类1<类3<类2,同词首的情况不一样。同N的情况相同,三类塞音在任何周期都没发现有显著差别。

4.2.5.3 最大气流

词首塞音

从图4.6A可看出,就如开商那样,在词首位置,N最大差别的最大气流值在噪音起始处。按最大气流值排列的顺序是:第2周期,类1<类2<类3。类2和类3的差别不明显。然而作为一组,它们同类1明显不同。在随后元音段差别变小。因此,在第8周期,三类塞音间都无明显不同。

如图4.6B所示,在词首位置,C的最大气流值的排列次序是:类1<类2<类3,同N完全相同。然而,在所测量的所有周期,三类塞音都无显著差别。

词中塞音

在词中位置,N最大差别的最大气流值仍然出现在噪音起始处。如图4.7A所示,最大气流值的排列次序为:第2周期,类2<类1<类3。注意:同词首位置相比,类1和类2的正好换了一下。然而作为一组,它们同类3有着显著差别。如同词首位置,差别在随后元音段变小。

从图4.7B可看到,同词首情况类似,C最大差别的最大气流值出现在噪音起始处,次序为:第2周期,类1<类2<类3。然而,类别间的差别不明显。从图可看出,在随后的元音段差别变得更

小了。

一个值得注意的特征是:两个对象的最大气流值通常在最初的几个周期就下降了,词中位置的类2是唯一的例外。

4.2.5.4 最小气流

词首塞音

图4.8A清楚显示了,在词首位置,N三类塞音的最大差别的最小气流值出现在噪音起始处。按最小气流值排列的次序是:第2周期,类1<类2<类3。统计上,类2和类3的差别不显著,但作为一组同类1有着明显不同。差别看起来在随后的元音段上变小,虽然永远不消失。

图4.8B表明,C最小气流值排列的次序是:第2周期,类1<类2<类3,同最大气流值的情况完全相同。再一次同最大气流那样,三类塞音不存在明显不同。当类3在第6周期(P6)变得同另外两类显著不同时,差别看起来在一定元音段之后增大了。

词中塞音

从图4.9A可看出,在词中位置,N最显著差别的最小气流值出现在噪音起始处。按最小气流值排列的次序是:第2周期,类2<类1<类3。注意,类1和类2的次序同词首位置正好相反。然而,到了第6周期,这两类的次序又倒了过来。统计上,所有三类塞音在第2周期相互间都显著不同。差别看起来在随后的元音段上变小,虽然永远不消失。

从图4.9B可明显看出,在词中位置,C最大差别的最小气流值又出现在噪音起始处。按最小气流值排列的次序是:第2周期,类2<类1<类3。统计上,所有三类塞音在第2周期相互间都显著不同。差别整体上变小,但类3和另两类的差别看上去增大了。结果,到了第6周期,类3同类1和类2显著不同。

图4.10—图4.25(这些图比较了相同塞音类型的不同声调的情况)显示:对于开商、速度商、最大气流和最小气流,相同塞音的

中升调(MR)变体和高降调(HF)变体在两个位置通常都有相似的值。唯一的例外是 C 的类 3。对于他来说,高降调(HF)通常增大开商值、最大气流值和最小气流值。

4.2.5.5 F_0

词首塞音

从图 4.26A 看出,在词首位置,对于 N 来说,按 F_0 值排列的顺序是:所测量的四个周期,类 2 < 类 3 < 类 1。统计上,类 1 和类 3 无显著不同。然而,作为一组,它们同类 2 明显不同。在这个位置上,C 也是这个情况,参见图 4.26B。

词中塞音

如图 4.27A 所示,在词中位置,对于 N 来说,类 2 永远比另外两类低。在第 2 周期(P2)和第 8 周期(P8),类 1 低于类 3。然而,第 4 周期(P4)和第 6 周期(P6),类别间次序相反。统计上,类 2 同另两类显著不同。类 1 和类 3 在第 2 周期(P2)和第 6 周期(P6)差别不明显。然而,在第 4 周期(P4)和第 8 周期(P8)很明显。

如图 4.27B 所示,在词中位置,C 在最初三个周期的排列顺序是:类 2 < 类 3 < 类 1。在最后一个周期,类 3 和类 2 的顺序换一下(类 3 < 类 2)。统计上,第 2 周期(P2)三类塞音间差别明显。在以后周期,类 2 和类 3 的差别不再显著。然而,作为一组,它们同类 1 有着明显差别。

如图 4.28 和图 4.29 所示,在词首位置,两个对象的两个高降调(HF)形式永远高于相对应的中升调(MR)形式。图 4.30 和图 4.31 显示,在词中位置,高降调(HF)变得低于中升调(MR),除了 C 的类 3 的高降调(HF)仍高于中升调(MR)。在这个位置,N 的这两个声调变体通常都显著不同。

4.2.6　讨论

在词首位置,两个对象嗓音起始处的类 2 和类 3 比类 1 有着更大的开商值。考虑到开商是声门状态"内收－外展"维度的重要指标,数据看来显示了嗓音起始处类2和类3的声门比类1更外展。值得注意的是:N数据中的三类塞音的动力也是不同的。对于类2和类3来说,开商值在大部分周期里一直下降;而对于类1,通常最初三或四个周期有一个下降,然后上升直到结束。类2和类3开商下降的趋势表明,在嗓音起始处较外展的声门,为了元音发声,逐渐不太外展。相反,类1开商升高的趋势看来表明,在嗓音起始处较内收的声门,为了元音发声,逐渐不太内收。类1开商的最初降低显然是瞬间性质的,由声带颤动启动造成。

最大气流值数据和最小气流值数据很相似。对于两个对象来说,在前塞音后的嗓音起始处,类2和类3比类1有更大的气流。最大气流值和最小气流值主要由两个因素决定:声门上压强(Ps)和声门状态。在其他条件相同的情况下,更大的声门气流表示更外展的声门,伴随更低的声门阻力。从这个角度看,最大气流和最小气流数据证实了上面的推测:类2和类3的声门可能比类1更外展。

与其他参数相比,速度商显示了很不相同的模式。首先,值的顺序不一样。前塞音后的起始嗓音处,N是:类3＜类1＜类2;C是:类2＜类1＜类3(比较一下两个对象的开商值排列的顺序:类1＜类2＜类3)。速度商是t1(声门张开阶段的正在打开的部分)和t2(声门张开阶段的正在关闭的部分)之间的比率。如果假设打开部分恒定,一个越大的速度商意味着一个越短的关闭部分。在这个情况下,一个越小的t2说明了代表声门关闭运动的曲线越陡。在速度商和塞音类型间找不到清楚的模式。

速度商的动力也是不同的。同开商情况相反,速度商在嗓音起始处最低,然后要么像C那样在元音段一直上升,要么像N那样在最初几个周期上升。这是可以解释的。一个大的开商值可能是更外展嗓音或气嗓音的标志,声门循环的张开阶段通常更对称。如果假设打开部分恒定,那么一个对称的声门张开阶段意味着一个相对更长的关闭部分。这会延长声门循环的张开阶段。结果,开商在嗓音起始处就更大。在标准发声中,张开阶段不太对称。再假设 t1 恒定,一个越不对称的张开阶段意味着一个越小的 t2。这将缩短声门循环的张开阶段。结果就是随后的元音段中开商有降低的趋势。

还记得速度商是声门张开阶段的正在打开的部分 t1 和正在关闭的部分 t2 之间的比率,速度商 = t1/t2。根据以上分析,t2 在嗓音起始处相对较大。假设一个恒定的 t1,这会导致一个更小的速度商。在随后的元音段中,张开阶段越是不对称,t2 变得相对越小。再一次假设 t1 恒定,这将导致一个更大的速度商。

在词中位置,类 2 和类 3 同类 1 相比有着更大的开商值。C 的类 1 和类 2 的差别很显著,而 N 不显著。Cao & Maddieson (1988)在他们的声学研究中发现,词中塞音后的声谱差别不明显。本项研究的声学调查发现,用 H1 – H2 来测量类 1 和类 2 间的声谱差异并不显著。然而,用 H1 – F1 来测量就很显著。把这些发现放在一起,看上去虽然类 1 和类 2 的喉头在词中位置的控制机制很不相同,但比起在词首位置差别就不那么显著。

类 1 和类 2 间开商的差别变得不太显著,显然同其后不断开的带声有关。声道闭合,同时保持带声相当困难,因为声道闭合不仅减少甚至去除了压力差,而且可能导致声门的外展(Stevens, 1989)。大概喉部外展肌为了在类 2 中保持带声,不得不受限制。

最大气流和最小气流在词中位置也显示出与在词首位置的某种不同。C 仍保持相同的排列顺序,即:1 < 2 < 3;N 则出现了不同的顺序:2 < 1 < 3。词中的带声类 2 的声门变得不太外展时,可预测声门气流会减少。然而,如果只牵涉到降低的开商,这一减少看

上去比预期的要厉害。对于 C 来说，虽然保持了相同顺序（1 <
2），但差别不像在开商中那样显著。如前面所提到的，声门气流
另一个决定因素是声门上压强（Ps）。可能在词中位置的类 2，既
然它在整个持阻阶段是带声的，就没必要改变空气动力条件。结
果，声门气流就保持在一个特定的水平。仔细查看图 4.7B，加强
了这一解释。与另外类别相反，类 2 的最大气流值在噪音起始处
最低，而其他类别则最高。

两个对象的类 2 在第 1 周期都有最大速度商，参见图 4.5。
这意味着类 2 的 t2（张开阶段的关闭部分）最小。这显然同词中
位置这类塞音的带声有关系。

在词首和词中位置，塞音的气流参数的最大差别都在噪音起
始处，看上去主要同前塞音的类别相对应。差别在随后的元音段
逐渐减小。统计分析显示，差别在以后周期趋向于不明显。在声
学研究中发现，三类塞音的声谱差异只在噪音起始处很显著。然
而，在其后的元音段就逐渐减小。声学和气流数据的一致性看来
表明：三类塞音在"内收－外展"维度上的喉头调节是不一样的。
可预测，三类塞音的喉部肌肉运动是不同的。苏州话研究表明：声
带肌（VOC）在类 1 的噪音起始前就活动了，在另外两类中活动被
抑制（Iwata，Hirose，Niimi，& Horiguchi，1991）。提高中间压缩，
声带肌（VOC）的收缩会导致声带的内收（Hirose & Gay，1973）。
据报道，朝鲜语的类 1 塞音的声带肌（VOV）活动性增强（Hirose，
Lee，& Ushijima，1974）。在一项声门阻抗研究中，Abberton
（1972）发现类 1 后噪音起始处的声门循环具有长的闭合阶段。
类 1 噪音起始处降低的开商和声门气流可能是声带肌（VOC）收
缩引起的内收松紧度提高的结果。

两个对象的最小气流值从来没有达到"0"水平。这似乎表
明，在所谓的"闭合"阶段声门没有完全闭合。以前就有报道说存
在相当的最小气流（Holmberg，Hillman，& Perkell，1988；Löfqvist
& McGowan，1992）。可能在正常言语中，声门的完全闭合很少出

现。可想象的是，气流可能从这不完全的"闭合"中逃逸出来。[1]

本项研究的声学数据显示，三个位置上的三类塞音在嗓音起始处的 H1 都是最强的。气流数据也显示，两个对象在两个位置上的所有塞音类别在嗓音起始处的开商、最大气流和最小气流通常有最大值。唯一的例外是在词中位置的类 2，在这个位置它的持阻段带声。为了开始带声，空气动力条件不得不调整到能克服声门阻力。显然，显著的开商值和较大的声门气流同这些调整有关。

对英语和瑞典语的嗓音源变体的一项研究中，Löfqvist & McGowan（1992）也发现，开商、最大气流和最小气流值经常在嗓音起始处最大。既然较高的开商和较大的声门气流看来确实意味着一个把呼吸声音作为产物的较外展的声门，也许把嗓音起始的这一情况描述为"气声的（breathy）"更清楚，就如 Daniloff 和他的同事（Daniloff, Schuckers & Feth, 1980）所做的那样。

F_0 统计数据表明，在词首位置以 F_0 值排列的顺序是：LR（类 2 的）< MR（类 1 和类 3 的）< HF（类 1 和类 3 的）。类别间的差异通常很显著。数据支持了对上海话声调的传统分类结果（沈同，1981；许宝华、汤珍珠、钱乃荣，1981）。

词中位置的情况更复杂。最值得注意的是，高降调（HF）在这个位置不再是最高的调。N 的高降调（HF）明显比中升调（MR）低。在第 8 周期，甚至比低生调（LR）还低。C 的高降调（HF）总比类 1 中升调（MR）低，但比类 3 的中升调（MR）高。看来连读变调（许宝华等，1981）确实出现在这个位置，声调不再有原来的调值。主张低生调（LR）和中升调（MR）在词中位置被中和了（许宝华等，1981）。然而，我们的数据显示，这两个声调在所测量的四

---

① Löfqvist & McGowan（1992）对此给出下面几个理由：声带较低边缘发生收缩后，可能还有气流残留在声门的上面和中间部分；内收过程中声带的垂直运动可能引发空气流动，喉头的垂直运动和其他发音器官的运动也可能产生空气流动。由于气流运动有不同模式，测量在声门和声门上的结构同时发生的事件，其有效性要思考。

个周期不太相同。事实上,N 的低生调(LR)总比中升调(MR)明显要低。C 的低生调(LR)总比类 1 的中升调(MR)明显要低。这看来说明,至少在语音平面,词中位置的低生调(LR)和中升调(MR)存在些微差异。

元音假说的支持者(曹剑芬,私人交流)会说,塞音的语音差异事实上是后面元音的发声区别特征的反映。这个假说不能解决这样一个音系制约,即:这一发声特征只同塞音一起存在。开商、最大气流和最小气流值在噪音起始处存在差异,但差异在随后元音段逐渐减小,很可能是发前面塞辅音的喉头调节的结果。

声调假说(石峰,1983;吴宗济,私人交流)预言,气流差异会反映出声调的区别特征。也就是:同较高的声调相比,较低的声调会导致较大的开商值和声门气流值,而无须考虑前面塞音的类别。这同我的数据完全不一致。N 和 C 的类 3 在两个位置上都产生出最大的开商值和声门气流值,虽然其后有一个更高的调——中升调(MR),比类 2 后的低升调(LR)要高。

上海话中,发声类型是塞音的辅音区别性特征中的一个首要特征。这一特征看来独立于带声和声调,至少在共时平面上。以类 2 为例,当出现在词首位置,数据显示它是较外展不带声。与它在一起的是低升调(LR)。在词中位置,数据显示这类塞音仍然比类 1 更外展。然而,在这个位置它是不断开而带声的,声调就被中和了。因此我们看到了某种发声类型的一类塞音,或带声或不带声,也就在语音平面或有着区别性声调或没有区别性声调。看来上海话的塞音只有发声类型是恒定的,而另外两个特征带声和声调是变化的。

4.3　纤维光学和透视法实验

4.3.1　透视法实验的目标

声学和气流数据显示,在噪音起始处,类 1 比类 2 和类 3 可能更内收。可以推测上海话三类塞音的喉头调节在"内收 – 外展"

维度上是不同的。透视法技术已被证明在揭示这一维度的辅音区别特征上是有效的（Baer，Löfqvist，& McGarr，1983；Cooper，1991；Hutters，1984；Iwata & Hirose，1976；Kagaya，1974；Lisker，Abramson，Cooper，& Schvey，1969；Löfqvist，Baer，& Yoshioka，1981）。这一技术加上同步记录的声学数据，预期可演示上海话三类塞音的喉部与声道上的协调运动和它们的声学作用的不同之处。为达到这个目的而进行以下透视法实验。

4.3.2 话语

测试话语包括出现在词首和词中位置的三类塞音类型。/i/是一个前元音，有一个大大打开的咽腔，可提供一个照明的自由通道。与/i/在一起，组成三个假定的双音节人名：比比 pi34pi34，皮皮 bi13bi13，片片 p'i34p'i34，然后将它们嵌入以下载体句中。

请____来。

tɕ'in34 ____lɛ13

这样，在第一和第二音节中的塞音就分别出现在词首和词中位置。

4.3.3 研究对象

以上海话为母语的三个男性充当本次测试的研究对象，他们都出生并成长于上海，年龄从二十七八岁至三十五六岁，在美国定居了半年至三年半，据观察他们没有任何言语问题。三个对象中，C 也参加了声学和 Rothenberg 面罩实验，X 和 Z 参加了感知测试。

4.3.4 方法和过程

在透视法技术中有两大主要部件，一个用来透视声门，另一个用来记录穿过声门的光量。第一个部件是一个内窥镜，包括一条里面有着两束光纤的可以自由伸缩弯曲的缆线，一束光纤把来自氙光源的光传送到声门区域，另一束光纤则把声门区域的图像输送回与内窥镜的目镜连接的一个摄像机。第二个部件是一个能够感知传送到声门和周围皮肤组织的光量的光电管。在这个实验中,光电管放置在颈部,就在环状软骨下面,用一个不透光的附件连接到皮肤上并用颈带扎住。

透视法或者说声门照相术(PGG)的原理非常简单。声门好比一个百叶窗,进光量与它的张开度成正比(Baken, 1987)。这样,光电管感受到的光量与声门面积成正比。

本项研究中,可伸缩的纤维镜通过鼻腔放入下咽部,正好在声门上面。这样就有一个优点:允许正常的发音动作。如果纤维镜通过口腔放入,唇、颚、舌等的发音动作就会受到妨碍。

但标度是这项技术主要的问题。由于被传递通过声门的光量受到喉头动作和实验设备的影响,透视信号提供的声门面积的信息是定性的,而非定量的。然而,我们所关心的塞辅音的发声区别特征,本来就是个相对的事物。这个技术对此是合适的。

每个对象坐在一个牙科椅子上,由耳鼻喉专家插入纤维镜。使用一条特制的头带,露在对象鼻子外的纤维镜部分正好可粘在头带上。对象被要求用固定而舒适的音高、响度和速度朗读。他们读用汉字写的话语,以类1、类2、类3的顺序读10遍。在正式录音前,对象被要求读一些测试样本,这样可决定合适的录音设置。

透视信号同声学信号一起用磁带录下。声学信号是用一个定向的Sennheiser话筒录音。用一个多通道磁带录音机,将透视信号和声学信号通过分开的通道同步录制。透视信号录制在调频通道,而话筒信号录在直流通道(在这一通道,磁信号同声学模拟信号的波形成正比;参见Cooper, 1991)。另外,录像带以60帧/秒的速度录下喉头的内窥镜视像(Löfqvist et al., 1981)。在录制过程中,示波器和电视监测器持续地检查声音、图像和透视信号,保证适当的设置和图像。

虽然实验有一定的侵入性,但对象无重大困难,因而可假定录制信号反映了对象正常言语的实质情况。

使用哈斯金实验室（Haskins Laboratories）的 VAX 系统，将声学信号和透视信号分别以 10kHz 和 400Hz 采样频率数码化。透视信号最初用一个 25ms 的三角窗平滑。数据的随机变体和声带的周期脉冲的作用在这个过程中被去除。然后，透视信号的速度用不同的邻近样本来计算。最后，用一个 25ms 窗口的三角过滤器，使速度轨迹本身变平滑。

在处理数据时，发现 X 和 Z 有一些严重问题。对于 X，最令人吃惊的是发现类 2 彻底带声，甚至在词首位置。几天以后把他的发音录下来，以排除这是实验的人为产物。以波形图为基础，可以证实他的类 2 确实在词首位置完全带声。仔细观看磁带时没有发现实验错误。[①] 注意，第三章讨论过这个对象的感知实验数据也同其他人不一样。

考虑到他的发音和感知数据，怀疑 X 说的上海话是非典型的。尽管假设类 2 最初在原始语中是完全带声的塞音（许宝华，私人交流），[②] 从没有实验报道说，有上海人仍然保留词首位置这类塞音持阻带声，更令人吃惊的是在如此年轻的说话人身上发现了。甚至早在 20 世纪 20 年代，赵元任有关吴方言的文章（赵元任，1928）发表时，这类塞音也不是完全带声的。X 的类 2 完全带声的原因，也许同他的家庭在上海老城区住了三代有关，老上海话的某些特征可能还完好地保留在他家庭中。

Z 在词首位置的类 1 和类 2，透视信号没有探测到清楚的声门姿势。然而，一帧一帧地观看录像带，两类塞音清晰的张开姿势就看见了。[③] 而且，从声音信号判断，这两类在词首明显是不带声

---

① Arthur Abramson 和 Anders Löfqvist 同我一起看了这个对象的录像带。我们三人经过讨论，结果一致认为没有实验错误。

② 许宝华在 1991 年给我的信中说过这点。

③ Andre Cooper 与我一同观看了录像带。我们都看到了在透视信号中没有看到的类 1 和类 2 的声门张开。

的,辅音的除阻和爆破清晰可见。录像带显示,载体句 p'i34＿＿＿
tɕ'i34 中第一个词 p'i34,光被向下和向后的运动挡住了。这显然
就是为何在对应的透视信号中看不到声门姿势的原因。然而,这
无法解释为何目标此词中无法探察到声门姿势,因为载体句第一
个词的结束处,光亮被阻已不存在,光线通道那时起就完全畅通。

　　对象 X 的语言学异常情况和 Z 的实验程序上的缺陷使他们
的数据不可用;因此,这两个人的数据弃置不用。这里给出的数据
只有对象 C 一个人的。

　　本次研究的度量表单显示在表4.3。

时间度量
持阻时长(CLO) = 除阻时刻 – 持阻时刻
声门姿势时长(GLODUR) = 声门姿势从开始到结束
相关时间度量
嗓音起始时间(VOT) = 嗓音起始时刻 – 除阻时刻
持阻到声门张开峰值的间隔(CLOPEAK) = 声门张开峰值时刻 – 持阻时刻
声门张开峰值到除阻的间隔(RELPEAK) = 声门张开峰值时刻 – 除阻时刻
声门姿势起始到声门张开峰值的间隔(GBPEAK) = 声门张开峰值时刻 – 声门姿势起始时刻
声门张开峰值到声门姿势结束的间隔(GEPEAK) = 声门姿势结束时刻 – 声门张开峰值时刻

表4.3　本项研究的度量

　　如图4.32所示,为了测量这些量,在话语中做上标签 CL(持
阻)、R(除阻)、V(嗓音起始)、P(声门张开峰值)、GB(声门姿势开
始)和 GE(声门姿势结束)。持阻、除阻和嗓音起始以声波为基础
来确定的。持阻的起始处标记在波形图上能量急剧减弱的地方,
大概是声门上收缩的结果。除阻标记在能量急剧增强的地方,此

为被口腔封闭的气流突然释放的迹象。嗓音起始标记在可见到准周期脉冲的地方。词中位置的类 2 没有嗓音起始,由于它在持阻段是不断裂带声的。

声门张开峰值时刻由声门打开、闭合的运动速度来决定,速度可从透视信号的速度轨迹观察到。速度轨迹的正相运动(基线以上)表明是声门张开的运动,而速度轨迹的负相运动(基线以下)表明是声门闭合的运动。当速度轨迹从正向负运动,到达"0"时,此处就作为声门张开峰值时刻。词中位置的类 2,持阻段带声,到底是否存在活跃的声门姿势,仍然是个问题。

决定声门姿势的起始和结束有两条可行的标准:第一个标准是把透视信号中的基线作为参照点;第二个是把速度轨迹作为参照点(Cooper, 1991)。由于透视信号的基线不是非常稳定,故采用第二个标准。图 4.33 阐释了如何用这一标准来决定声门姿势开始(GB)和声门姿势结束(GE)。此图中,A 部分和 B 部分分别给出 GB 和 GE。每部分里,从透视信号得到的速度轨迹、透视信号本身、声音信号分别显示在高、中、低三部分。如同演示于 A 部分中,当速度轨迹到达基线两个单位以上,就标记下 GB。另一方面,如同在 B 部分中所示,当速度轨迹到达基线两个单位以下,就标记下 GE。

4.3.5 结果和分析

图 4.32 的 A、B、C 部分分别显示了三类塞音类型的样本数据。声门姿势的声音、透视信号、速度轨迹(从透视信号得到)分别展示在各部分的低、中、高三部分。为了看清每个类型的声门颤动,这里展示的透视信号没有平滑过。

图 4.34 显示了每个塞音类型的 15 个样本的透视数据的平均值。类 1、类 2、类 3 分别用实线、点线、虚线表示。A 部分和 B 部分分别展示词首和词中塞音。横轴以 100ms 为一格显示时间。0ms 处的直线表示辅音除阻,这是由声学数据决定的。

图 4.32 和图 4.34 出现了某些普遍趋势。类 1 在词首和词中位置都是不带声的。声门姿势很小,声门张开峰值时刻比塞音除阻时刻早得多。

类 2 在词首位置是不带声的,但在词中位置它的持阻段带声。这类塞音的声门姿势比类 1 大一点。和类 1 不同,它的声门张开峰值时刻只比塞音除阻稍早一点。

类 3 在词首和词中位置都是不带声的。声门姿势在三类中是最大的。它的声门张开峰值时刻就在塞音除阻时刻附近。

附录 B 给出了所有测量的统计总结。表 4.4 给出了对所有测量进行的 post-hoc 复合测试的结果。类别以计算值顺序排列,无明显差异的值用下划线组合在一起。

位置　　参数	词首	词中
CLO	2 3 1	3 2 1
GLODUR	2 1 3	1 3
VOT	1 2 3	1 3
CLOPEAK	1 2 3	1 2 3
RELPEAK	3 2 1	3 2 1
GBPEAK	1 2 3	1 3
GEPEAK	2 1 3	1 3

表 4.4　post-hoc 复合测试结果的总结

为了展示上海话三类塞音类别的辅音区别特征的总貌,图 4.35 和图 4.36 在统计数据的基础上,分别显示了发声和发音的协调差异,以及词首和词中位置的声学作用的差异。这两张图,在发声层面,把词首类 3 的声门张开峰值作为参照(100%);其他塞音类型的声门张开峰值就以此百分比来计算。所有的突起处就是声门张开峰值(P)。所有有关意义的陈述都来自于表 4.4。

如图 4.35 所示,在词首位置,类 1、类 2、类 3 的声门张开峰值分别为:23%、28%、100%。类 2 和类 3 的从声门姿势起始到声门张开峰值的间隔比类 1 明显要长,类 2 为 119ms,类 3 为 129ms,类 1 则为 95ms。至于从声门姿势结束到声门张开峰值的间隔,顺序为:类 1(97ms)<类 2(62ms)<类 3(129ms),这个测量中三种塞音类型相互间都明显不同。类 3 的声门姿势时长(258ms)比类 1 的(192ms)和类 2 的(181ms)明显要长。有关整个声门姿势的形状,一个值得注意的不同之处是:类 1 和类 3 的声门姿势是对称的,而类 2 的则不对称。

在发声层面,类 1 的从持阻到声门张开峰值的间隔明显很短。然而,类 1 的持阻(135ms)却比类 2(95ms)和类 3(98ms)明显要长。至于从声门张开峰值到除阻的间隔,顺序为:类 3(-6ms)<类 2(10ms)<类 1(68ms)。类 3 的 -6ms 说明除阻比声门张开峰值时刻早 6ms。

在声门张开峰值后最早开始的带声是类 2 的带声(34ms)。类 1 和类 3 的声门张开峰值到带声的间隔分别为:82ms 和 96ms。

如图 4.36 所示,在词中位置,类 1 和类 3 的声门张开峰值分别为 14% 和 80%。至于类 2,由于持阻段是不断裂带声的,它在这个位置就没有声门姿势。因而,图中类 2 看上去是条水平线。如同在词首位置,类 3 的从声门姿势起始到声门张开峰值的间隔比类 1 明显要长,类 3 为 106ms,类 1 为 78ms。从声门姿势结束到声门张开峰值的间隔,类 3(126ms)同样比类 1(88ms)明显要长。结果,类 3 的声门姿势时长(232ms)比类 1 的(166ms)明显要长。在这个位置的整个声门的形状同在词首位置的看来有点不一样。从声门姿势结束到声门张开峰值的间隔比从声门姿势起始到声门张开峰值的间隔要长,导致了不太对称的形状。

在发音层面,类 1 的持阻时长(119ms)又比类 2(79ms)和类 3(77ms)长得多。至于从声门张开峰值到除阻的间隔,顺序为:类 3(-16ms)<类 1(53ms)。类 3 的 -16ms 又意味着除阻比声门张

开峰值时刻早16ms。

类1的声门张开峰值后的噪音开始(72ms)比类3(90ms)早。至于类2,带声特征连续贯穿于其持阻段。

4.3.6 讨论

三种塞音类型在发声和发音层面都有相当大的不同。在词首位置的发音层面存在两个主要不同之处:声门姿势的大小和形状。类3具有最大的声门姿势,接着是类2和类1。一个相关的度量是声门姿势的时长。很好理解,类3具有最长的声门姿势时长,接着是类1和类2。至于声门姿势的形状,类1和类3具有对称的形状,也就是说,声门姿势起始到声门张开峰值的间隔同声门结束到声门张开峰值的间隔相似。类2则是不对称的,声门结束到声门张开峰值的间隔非常短。

在发音层面,三种塞音类型存在两大不同。首先,声门上持阻同声门张开峰值的相关时间。类1的持阻到声门张开峰值的间隔明显比另外两类塞音短,这可以推测为类1的声门张开得最小。然而,类1的持阻时长显著长于另外两类塞音。其次,除阻同声门张开峰值的相关时间。类1的除阻比声门张开峰值晚得多,但类2的除阻只比声门张开峰值稍晚点。类3的除阻还早于声门张开峰值。

在发声和发音层面的所有这些不同点,以及这两层面上的协调动作的不同,决定了声带是否和何时颤动。

类1的声门张开峰值比除阻要早很多。考虑到这类塞音较小的声门姿势尺寸,看来到除阻时声门可能已经内收。然而,在这一类型中,噪音要到声门峰值时刻82ms之后才开始。既然这类塞音的声门可能在除阻时已经内收,迟后带声的原因明显不是由于声门的外展。相反,也许声门内收得如此紧,以至于较早带声是不可能的。这种情况在朝鲜语塞音的类1中就发生了(Hirose et al.,1974)。上海话中可能也是这样。最近一项EMG研究证实苏州话类 1 塞音前经常有一个声门塞音。在喉头肌肉层面,类 1 的声带起始期间声带肌(VOC)很活跃,类 2 则抑制住。生理上,采用中间压缩,声带肌(VOC)的收缩增强了声带的内收松紧度(Hirose & Gay, 1973)。结果,声带向内松紧度的增强可能抑制了带声。进一步的证据来自本项研究的声学和气流数据。在声学调查中发现,类 1 后的噪音起始处的第一谐波比类 2 和类 3 后的弱。在 Rothenberg 面罩实验中,在类 1 后的噪音起始处发现了较小的开商和较低的气流。这些发现表明,类 1 的声门可能确实更内收。

尽管类 2 的声门姿势比类 1 大,但噪音开始得很早(噪音只比声门张开峰值时刻晚 34ms,可与类 1 的晚 82ms 比照)。声门姿势的形状也同类 1 不同。类 2 的声门姿势结束到声门张开峰值的间隔(62ms)比声门姿势开始到声门张开峰值的间隔(119ms)短很多。类 1 的这两种间隔差不多相同(95ms 和 97ms)。用所有证据可得到以下结论:类 1 中高的内收松紧度抑制了较早的噪音,类 2 中明显不出现这种情况。事实上,类 2 具有喉头调节以方便带声。Iwata 等(1991)报道类 2 的整个喉头有个向下运动。通过改变空气动力条件,喉头的垂直运动可能会加速带声。看来,类 2 的喉头设置对于带声来说更有利。当其他条件配合的话,类 2 显示为带声并不令人吃惊。

尽管类 3 的除阻比声门张开峰值时刻早,但声门姿势如此之大,以致声门张开峰值 96ms 后噪音才开始。这类是典型的送气清塞音。很大的声门姿势使带声完全不可能。

在发声层面,词中位置三类塞音最显而易见的不同是类 2 声门姿势的缺失。因而,从发声层面看,图 4.36 中类 2 具有一条平线。图 4.34 的 B 部分中可看到,同词首位置相似,透视信号不存在明显的上升和下降运动。然而,在除阻附近存在微小的张开。如果我们细查图 4.32 的 B 部分的速度轨迹,会看到声学信号中同除阻相应的上升和下降运动。录音带中,声门的微小张开在 13 个样本中被发现。

朝鲜语中也观察到类2有相似的声门的微小张开,同样在词中位置是带声的(Kagaya,1974)。怎样解释这种声门张开? 根据Stevens(1989),塞辅音产生过程中的声门上持阻不仅快速去除压力下降,而且某种程度上有利于声带外展。这两个结果都可导致带声的终结。在维持带声如此不利的条件下,如果需要维持带声,很难想象词中位置的类2可以有任何的声门张开的活跃姿势。如果我们把标记为"P"的速度轨迹上的"0"交叉点作为类2的声门张开峰值时刻,那么相对时间点的计算将显示除阻比峰值早8ms。这说明张开在除阻后还在增大;因而,可怀疑词中类2的声门张开可能是声门上除阻的外展作用(Stevens,1989)。否则,我们将预测声门张开峰值独立于除阻,如同类1那样总是比除阻早很多。

在发声层面,就像词首位置那样,类3同类1相比,有一个更大的声门姿势和明显更长的时程。

在发音层面,塞音类型间存在几处不同:首先,持阻时长不同。如同在词首位置,类1比其他两类有明显更长的持阻。其次,除阻和声门张开峰值的相对时间,类1和类3不同。类1的声门张开峰值出现得比除阻早很多。考虑到类1的声门张开尺寸,这又暗示了到除阻时声门可能已经内收。喉头较紧的内收设置阻止了持阻时声带颤动。相反,类3的声门张开峰值迟后于除阻。这意味着除阻后声门区域仍然在增大。声门的大尺寸和声门张开峰值的时间肯定抑制了类3持阻时带声。

值得注意的是,在词首和词中两个位置,类1的持阻时长都比另外两类明显长很多。Shen,Wooter,& Wang(1987)也报道说,上海话中类2的持阻时长比类1明显要短。Iwata等(1991)发现,在另一种吴方言——苏州话中,类2有着比类1短得多的持阻时长。声带颤动的一个必要条件是穿越声门的压力下降。根据Dixit(1987a),压力下降必须是 $2-3cm$ H_2O 的方式。塞辅音产生中的声门上持阻会很快去除压力下降。因此,其他条件相同的情况下,持阻越长,持阻段维持带声就越困难。类1的长持阻明显导致了不带声。相反,类2较短的持阻更有利于带声。任念麒(在版)报道说,类2通常在词中具有持续带声。即使有些情况下在接近持阻结束处断裂,持阻时长也要比类1短。

所有这些在发声和发音层面的不同,以及两个层面协调运动的不同,不仅决定了是否以及何时声带颤动,而且决定了在元音段初期声带如何颤动。

对于类1,紧紧内收的声门影响声带颤动的方式。在两个位置气流数据都显示,这类塞音后的嗓音起始处声门循环的开商很小,最大气流值和最小气流值很低。从声学角度,这样的喉头设置显示为一个弱的第一个共振峰。

对于类2,低的内收松紧度导致大的开商值,以及高的最大气流和最小气流值。词中的类2,虽说持阻段是持续带声,但声带颤动方式本质上同词首类1相似。Rothenberg面罩实验数据显示,通常类2的开商和声门气流仍要大于类1。声学上,第一共振峰相对较强。

对于两个位置上的类3,声门低的内收紧张度决定了开商和气流值在三类塞音中都是最大的。声学上,第一共振峰也是最强的。

4.4 结论

1. Rothenberg面罩实验发现,在嗓音起始处,类2和类3的声门循环开商值和声门气流值往往比类1大,这同声学数据所显示的嗓音起始处类2和类3的第一共振峰相对强于类1相一致。将这些发现放在一切,可推测类2和类3的声带内收松紧度比类1低。

2. 透视法实验发现,三类塞音在发声层面和发音层面都不相同。两个层面上协调运动的这些不同决定了声带是否、何时和怎样颤动。类1在持阻段不可能颤动,因为声门内收得太紧。类2的喉头设置更有利于带声。在词首位置,它的带声在声门张开峰值后开始得最早。在词中位置，活动的声门姿势没有，它就持续带声。类3的大声门姿势阻碍了带声。至于元音段初期声带颤动方式的作用，类1较高的内收松紧度导致了它的开商值比另外两类塞音小，声门气流比另外两类塞音低。

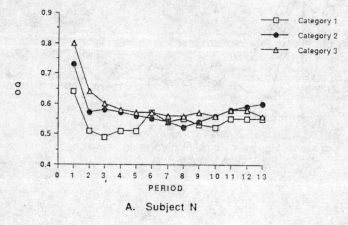

A. Subject N

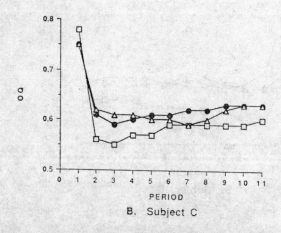

B. Subject C

图4.2　词首位置塞音的开商

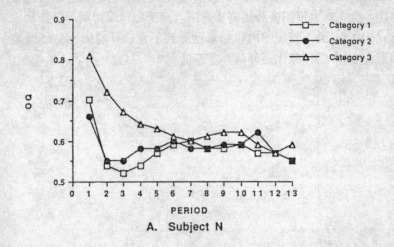

A. Subject N

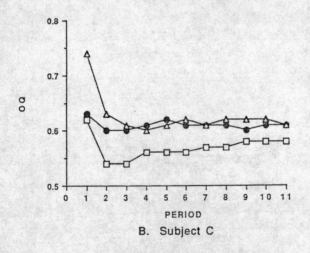

B. Subject C

图 4.3　词中位置塞音的开商

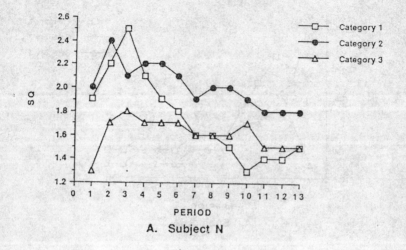

A. Subject N

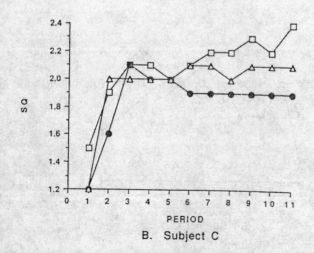

B. Subject C

图 4.4　词首位置塞音的速度商

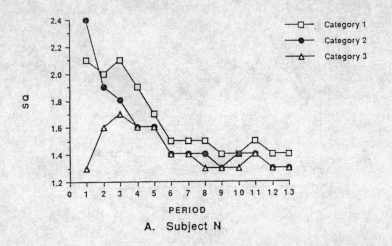

A. Subject N

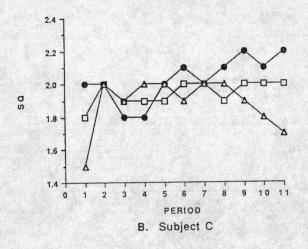

B. Subject C

图 4.5 词中位置塞音的速度商

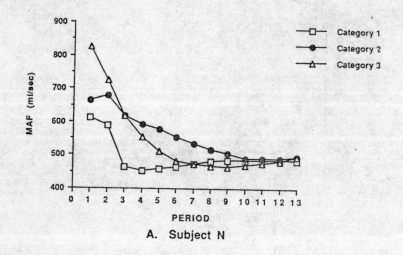

A. Subject N

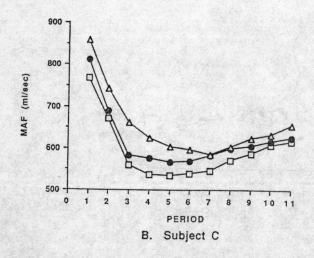

B. Subject C

图4.6 词首位置塞音的最大气流

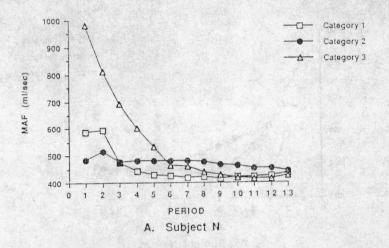

A. Subject N

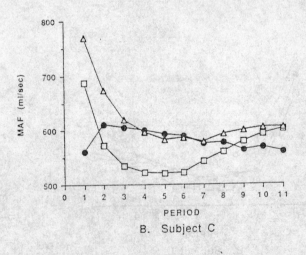

B. Subject C

图 4.7　词中位置塞音的最大气流

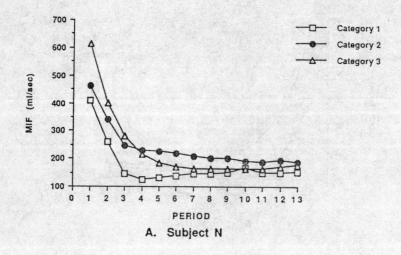

A. Subject N

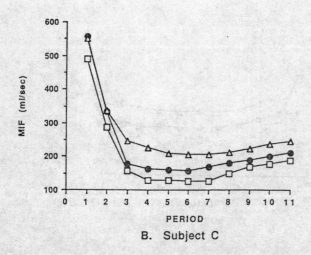

B. Subject C

图4.8 词首位置塞音的最小气流

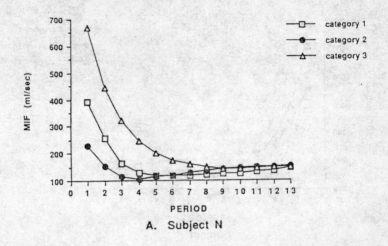

A. Subject N

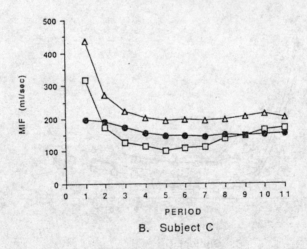

B. Subject C

图 4.9 词中位置塞音的最小气流

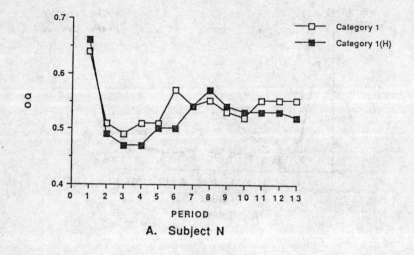

A. Subject N

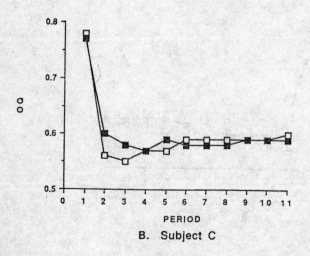

B. Subject C

图 4.10　词首位置类 1 的开商

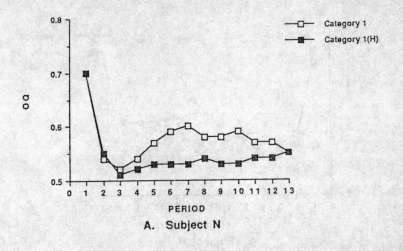

A. Subject N

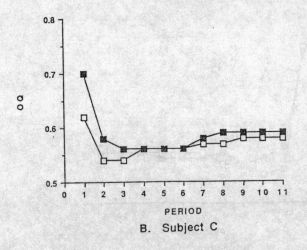

B. Subject C

图 4.11 词中位置类 1 的开商

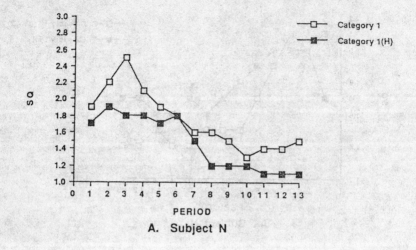

A. Subject N

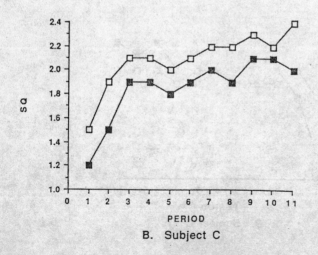

B. Subject C

图 4.12　词首位置类 1 的速度商

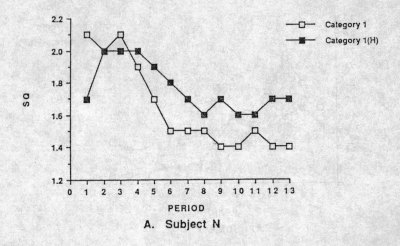

A. Subject N

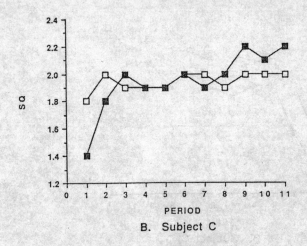

B. Subject C

图4.13 词中位置类1的速度商

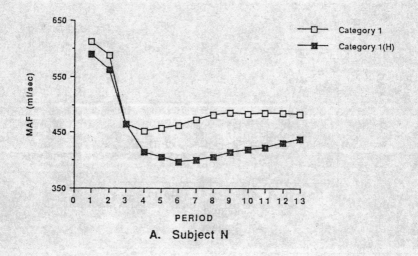

A. Subject N

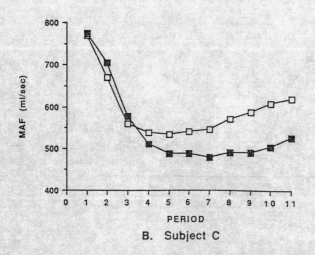

B. Subject C

图 4.14 词首位置类 1 的最大气流

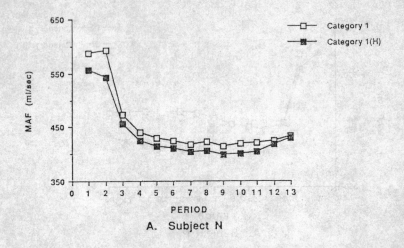

A. Subject N

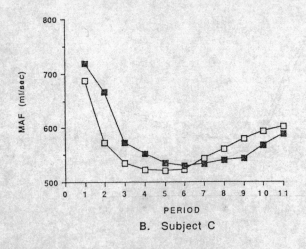

B. Subject C

图 4.15 词中位置类 1 的最大气流

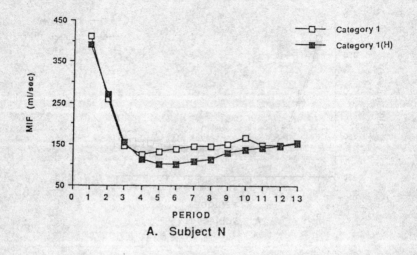

A. Subject N

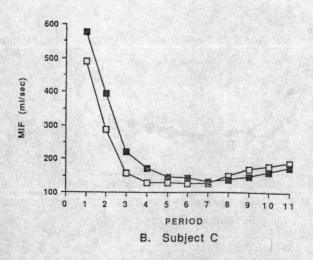

B. Subject C

图 4.16　词首位置类 1 的最小气流

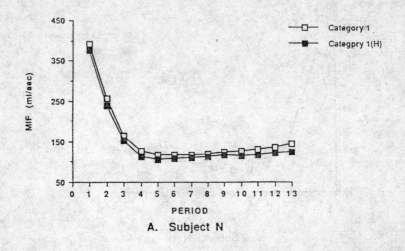

A. Subject N

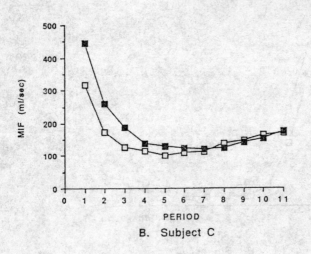

B. Subject C

图 4.17　词中位置类 1 的最小气流

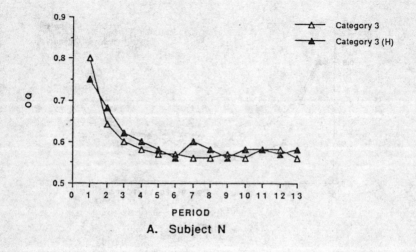

A. Subject N

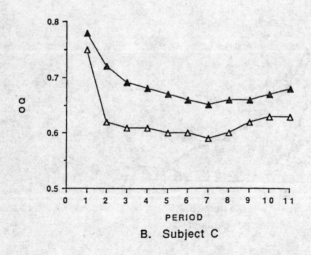

B. Subject C

图 4.18　词首位置类 3 的开商

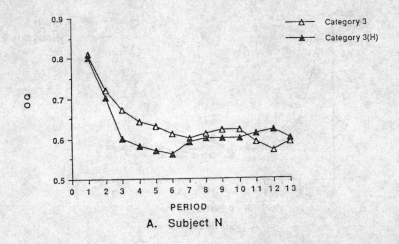

A. Subject N

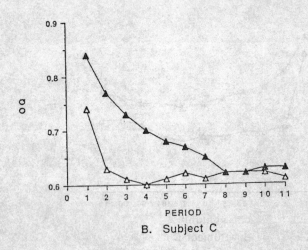

B. Subject C

图 4.19　词中位置类 3 的开商

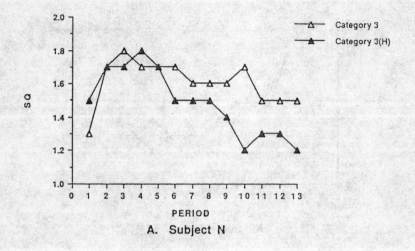

A. Subject N

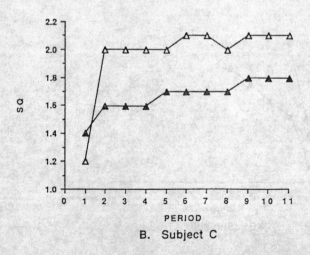

B. Subject C

图 4.20 词首位置类 3 的速度商

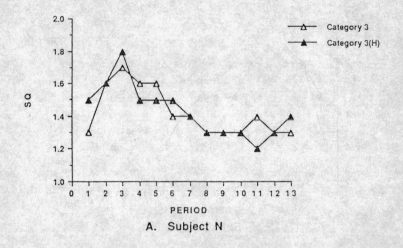

A. Subject N

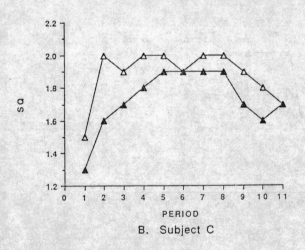

B. Subject C

图 4.21　词中位置类 3 的速度商

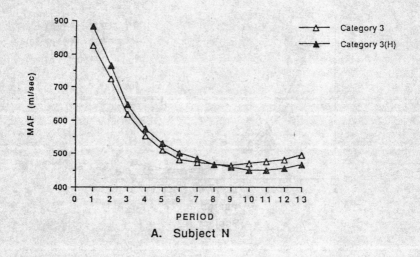

Category 3
Category 3(H)

A. Subject N

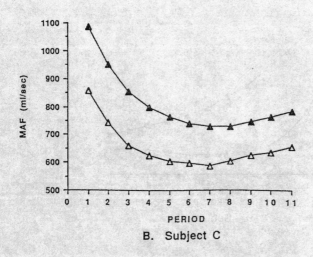

B. Subject C

图 4.22 词首位置类 3 的最大气流

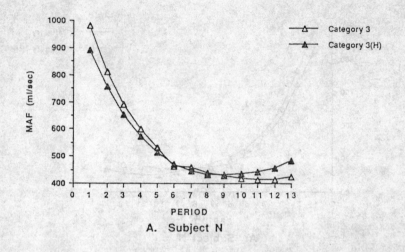

A. Subject N

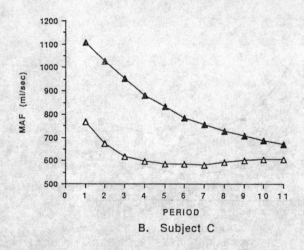

B. Subject C

图 4.23　词中位置类 3 的最大气流

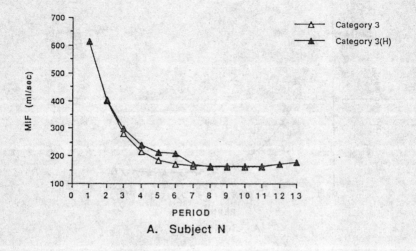

A. Subject N

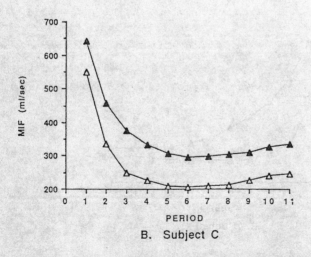

B. Subject C

图 4.24　词首位置类 3 的最小气流

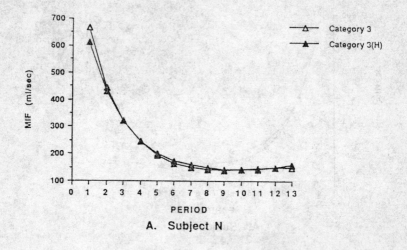

A. Subject N

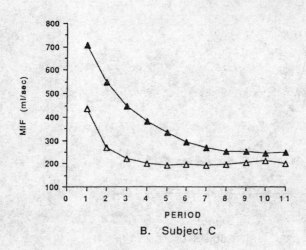

B. Subject C

图 4.25　词中位置类 3 的最小气流

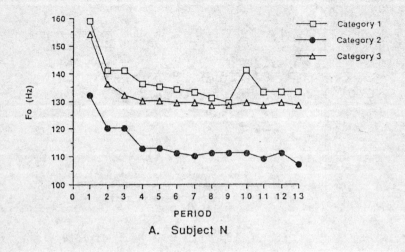

A. Subject N

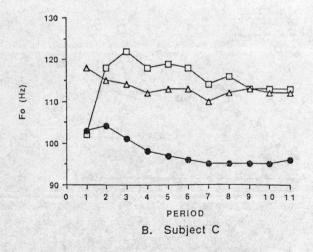

B. Subject C

图 4.26　词首位置塞音的 F_0

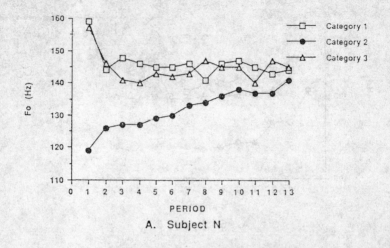

A. Subject N

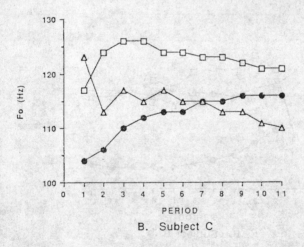

B. Subject C

图 4.27 词中位置塞音的 F_0

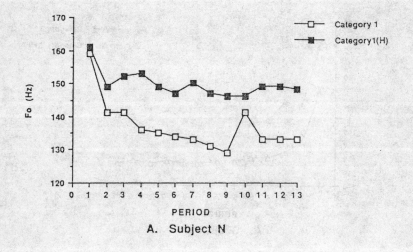

A. Subject N

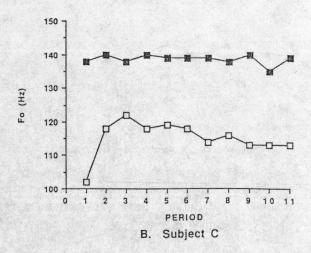

B. Subject C

图 4.28 词首位置类 1 的 F_0

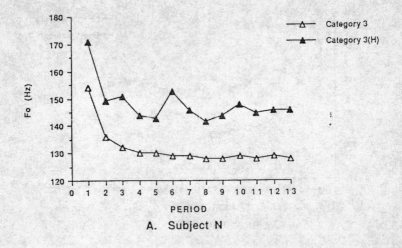

A. Subject N

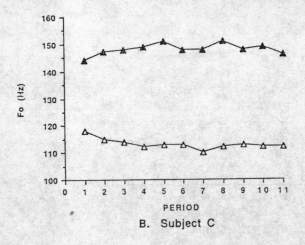

B. Subject C

图 4.29　词首位置类 3 的 F_0

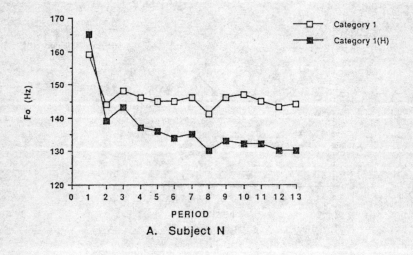

A. Subject N

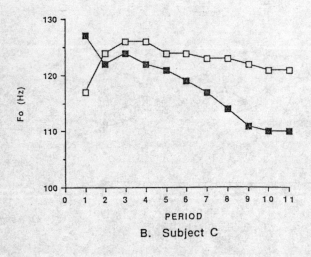

B. Subject C

图 4.30　词中位置类 1 的 F_0

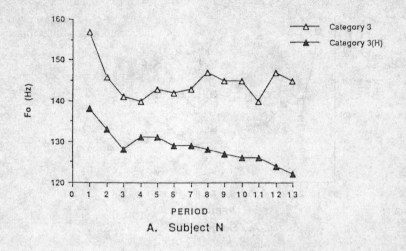

A. Subject N

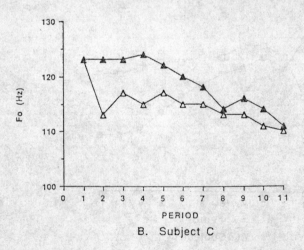

B. Subject C

图 4.31　词中位置类 3 的 F_0

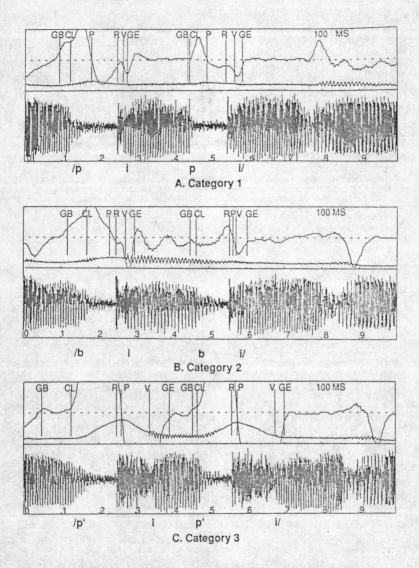

图 4.32　三种塞音类型的速度轨迹、振幅轨迹和波形图（分别显示在每个部分的高、中、低三部分）。　CL:持阻;R:除阻;V:噪音起始;P:声门打开峰值;GB:声门姿势开始;GE:声门姿势结束。

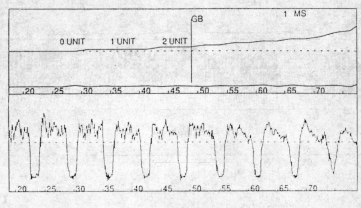

A. GB

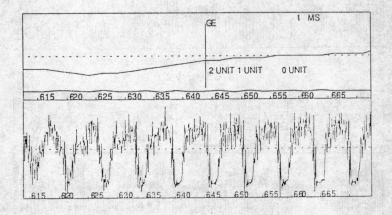

B. GE

图 4.33　有关 GB(声门姿势开始)和 GE(声门姿势结束)标准的说明

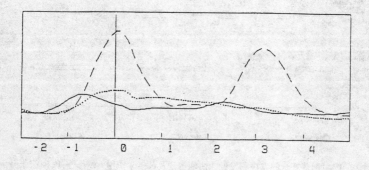

time in 100 ms.

A. Initial stops.

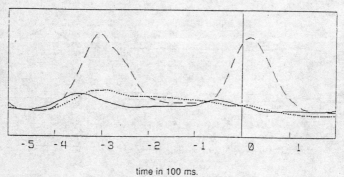

time in 100 ms.

B. Medial stops.

图4.34 类1、类2和类3的透视信号的平均值

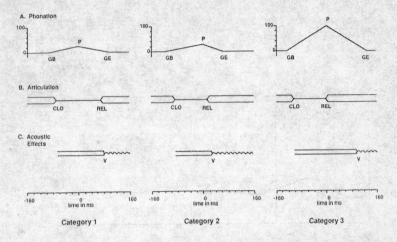

图 4.35　词首塞音的发声和发音的协调运动及其声学作用。A 部分:P,声门张开峰值;GB,声门姿势开始;GE,声门姿势结束;y 轴,任意单位。B 部分:CLO,持阻;REL,除阻。C 部分:V,嗓音起始。

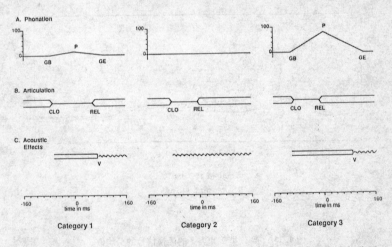

图 4.36　词中塞音的发声和发音的协调运动及其声学作用。A 部分:P,声门张开峰值;GB,声门姿势开始;GE,声门姿势结束;y 轴,任意单位。B 部分:CLO,持阻;REL,除阻。C 部分:V,嗓音起始。

第五章

结　论

此项研究对上海话塞音进行了生理、声学和感知的调查，结果总结于本章中。

5.1　普遍结论

1. 声学角度看，通过后接元音段的低谐波部分的能量分布模式，来区分三类塞音。类 2 和类 3 后的噪音起始处的第一谐波具有更强能量，此为更外展声门的标志。但这一声谱差异随后逐渐减少。

2. 感知角度看，声学调查中发现的声谱差异对于区分类 1 和类 2 是充分线索。一条更陡的声谱陡坡，伴随着相关的更显著的第一谐波，引发更多的类 2 反应。F_0 也对感知起作用，一个更高的 F_0 起始导致更多的类 1 判定。

3. 显著的第一谐波的生理对应是更大的声门循环开商值和声门气流值，Rothenberg 面罩实验中，类 2 和类 3 后的噪音起始处确实如此。透视实验数据进一步限定了三类塞音在发声层面的两个主要差异。首先，三类塞音的声门姿势大小不同，顺序为：类 1 <类 2 <类 3；其次，声门姿势形状不同，只有类 2 在词首位置具有不对称形状。

4. 三类塞音的差异超越了发声层面，在发音层面也不一样。两个层面的差异及其协调运作决定了声带是否、何时和怎样颤动。

只有类2的各种条件更适合带声。因此,词首位置类2塞音的带声在声门张开峰值后最早开始。在词中位置,活动声门姿势缺失,类2显示为带声。类1过分的声门内收,类3过分的声门外展,使这两类塞音都不可能在持阻段带声。当声带开始颤动,类2和类3后的嗓音起始处的开商值和声门气流值更大。声学结果是:类2和类3的第一谐波更显著。

5. 依据实验数据和上海话音系,得出以下结论:此项研究不支持元音假说和声调假说,三类塞音确实通过产生过程中不同的发声和发音机制加以区分的。三类塞音的对立可用下表总结。

类别 \ 环境 \ 对立	词首位置		词中位置	
	发声类型	声调	发声类型	声调
类1	更内收 清、不带声	中升调	更内收 清、不带声	中和了
类2	更外展 清、不带声	低升调	更外展 浊、带声	中和了
类3	更外展 清、不带声	中升调	更外展 清、不带声	中和了

表5.1　　上海话三类塞音的语言学对立

5.2　理论上的推论

发声和 F_0 之间的关系是复杂的。从生理角度看,它们是由不同的喉头紧张方式所控制的不同方面,这一点显得似是而非。因此,它们之间应该没有任何联系。Ladefoged(1973)报告说,大多数声门收窄会发生在很宽的音高范围。

本论文数据提供了支持这一观点的证据。更外展的特征伴随着类2后的一个低调——低升调(LR)出现,也伴随着类3后的一个更高声调——中升调出现。Hirano(Ladefoged,1973)也报告说,用非常高的音调发出的元音却倾向于气嗓音。

可以想像,这些更外展嗓音的例子可能是不同机制的结果。比如,类2和类3的更外展嗓音由低的内收松紧度直接造成,发元音时的相同声门状态可能是环甲肌(CT)收缩间接产生,这在高音调情况中具有外展作用(Hardcastle,1976;Hirano,Kiyokawa,& Kurita,1988),或者如Baer,Gay,& Niimi(1976)所报道的,在有些情况中,通过提高了的后环甲肌(PCA)活动性来产生,这大概需要支撑勺状软骨来抵抗环甲肌(CT)的强大前拉力(Harria,1981;Hirano,1988)。然而,所有这些形式有一个共同特征:更外展的声门。因此,发声类型和F_0是独立的特征,在音系里必须分开说明。

例如,上海话中类1、类2和类3塞音可作如下说明:

	外展的	F_0
类1	−	中 − 高
类2	+	低
类3	+ +	中 − 高

表5.2   上海话塞音特征说明

一方面,发声类型和F_0是独立特征;另外一方面,由于这两个喉头松紧度类型会相互作用,如果没有补偿性的调节的话,可能会有某些联系。补偿与否可能是音系的一部分。

已经很好地证明了:伴随着发声对立的阻塞音后的F_0扰动的不同模式可能是这种无补偿的相互作用例子。肌电测量(EMG)数据显示,环甲肌(CT)在美国英语(Löfqvist,Baer,McGarr,& Story,1989)、印地语(Dixit & McNeilage,1980)和瑞典语(Löfqvist,McGarr & Honda,1984)不带声的同源词中更活跃,既然环甲肌(CT)收缩引起的更高的喉头紧张度会帮助阻止声带颤动,这可解释成维持嗓音对立的途径。

由噪音对立所引起的这种 F_0 差异可帮助维持这个对立,在一种声调语言里,可能由历史发展造成的这种关系具有双重效果。这里,为了一个更高的声调使环甲肌(CT)活动性提高,不仅产生了声调区别性,而且通过阻止声带在一个清辅音里颤动,帮助维持了一个噪音对立。

从感知方面来看,发声类型和 F_0 间的某些关系很重要。如第三章里所述,在词中位置,高 F_0 和类1(更内收的塞音)之间,以及低 F_0 和类2(更外展的塞音)之间的关系可起到感知的效果。

由噪音对立引发的 F_0 差异可能是补偿性的。比如,泰语里没有发现不送气浊音和不送气清音之间有明显的 F_0 差异(Shimizu, 1989)。同样,在一些语言里,塞辅音牵涉到发声区别性,元音产生伴随着更外展的声门设置,同样会有相当的 F_0 去配常规元音,如同 Wa 语的情况(Maddieson & Hess, 1986),或者如同在某些吴方音中那样,用更高的 F_0 去配(吴宗济,私人交流)。[①]

发声类型和 F_0 之间显然有很多的联系方法,如何建立这种关系是语言的音系所承担的任务。

5.3 进一步研究

5.3.1 发声类型

文献中有关发声类型的术语很混乱,看起来是来自高度印象性的属性,以及所用的不同标准。例如,术语"紧喉噪音(creaky voice)"明显建立在听觉印象基础上,术语"喉化噪音(laryngealized voice)"可能有某些生理学背景。然而,它们可能用于描述相同的音。虽然后者看来有些优点,由于它使用了明显的喉部性质的发声类型的某种喉头标准,但是仍然令人糊涂,因为所有的发声类型都可打上"喉化的(laryngealized)"标签,所有都是喉

---

① 在 1988 年的一次对话中吴宗济向我提到这点。

头运动的产物。更糟糕的是,术语像"紧嗓音"和"松嗓音"更令人误解,由于它们同样可用于描述声门上层面的差异,如:紧元音和松元音(Block & Trager, 1942)。即使将它们限定在喉头层面,它们仍然远不令人满意,因为正如前文所述,存在不同类型的喉头紧张。所以,某方面的松紧度可以不必伴随有另一方面的松紧度。举一个合适的例子,如紧喉嗓音,当内收松紧度和中间压缩度都很高时,纵向松紧度却很低(Laver, 1980)。

听觉印象的高度主观性,以及用不同标准所造成的定义的很多变体常常引发很多争议,典型例子就是"呼气音(breathiness)"。

看起来有两类呼气音。狭义地看,它是送气和低 F_0 的结合(Kim, 1965)。事实上,有些作者认为呼气音很少与高 F_0 同时出现(Fairbanks, 1960; Gobl, 1989)。既然外展声门是送气的必要条件,那么根据喉头松紧度,狭义的呼气音可定义为:同时具有低的内收松紧度和低的纵向松紧度。

然而从广义角度,呼气音看来同送气是一样的(Löfqvist & McGowan, 1992; Rothenberg, 1968)。有时,这两个术语甚至可互换(如:Ladefoged, 1971)。根据喉头松紧度,广义的呼气音可定义为:具有低的内收松紧度。

从生理角度看,正如前文所述,外展的声门可同任何音高同时存在。将送气和低 F_0 以这种方式联系在一起,好像它们之间存在一种"原因－结果"的关系是很不明智的,除非出于某些原因把呼气音限定于狭义角度。

可能我们需要一些新的描述发声类型的系统,这些系统必须可从物理和经验实证角度加以验证。

我提出以下系统。在这个系统中,与语言学相关的发声类型被定义为:用于语言学对立的声门的任何状态。生理上,发声类型是由"内收－外展"维度的喉部调节所决定的。这个系统中存在四种语言学相关的发声类型:带声、不带声、更内收、更外展。前面两种可以是独立的发声类型。后面两种是附加特征,可用于修饰

前面两种,但它们自己不能作为独立类型。以下是对发声类型的描述:

1. 带声:恰当调节声门状态,导致声带有规律地颤动。

2. 不带声:恰当调节声门状态,阻止声带有规律地颤动。

3. 更内收:更内收的声门状态。内收松紧度提高,某些情况下,中间压缩度也会增加。带声被抑制。纵向松紧度可能会变动。

4. 更外展:更外展的声门状态。内收松紧度和中间压缩度很低。当声门外展到某种程度,带声变得不可能。纵向松紧度可能会变动。声门处可产生送气噪音,这取决于其他因素,如:声门上压力(Ps)、声道的形状、更重要的是喉部调节和喉上发音活动间的时间关系(Abramson,1977)。

1 和 2 是相互排斥的,3 和 4 也是。作为附加特征,更内收和更外展可被加在带声和不带声之上,形成复合发声类型。当发生这种情况,我们可以想象得到声门状态经过了调节。这些调节,作为两个特征结合后的产物,可影响物理参数,如:送气、F_0 和声门阻力。举例来说,更外展噪音的声门比正常声门更宽。

复合发声类型有:

1. 更内收带声,如传统所说的紧喉(creaky)、喉化(laryngealized)、紧(tense)或刚(stiff)浊音。例如在 Jalapa Mazatec 语中的紧喉元音/a/(Ladefoged,Maddieson & Jackson,1988)。

2. 更内收不带声,如传统所说的喉化(laryngealized)、强制(forced)或紧(tense)清音。例如朝鲜语中的不带声紧音/P/(Hirose,Lee, & Ushijima,1974;Kagaya,1974)。

3. 更外展带声,如传统所说气(breathy)、耳语(murmur)、松(lax or slack)浊音。例如 Jalapa Mazatec 语中的呼气元音/a/(Ladefoged,Maddieson, & Jackson,1988)。

4. 更外展不带声,如传统所说送气清音。例如英语中的[pʰ](Ladefoged,1982)。

图 5.1 阐释了这一系统。

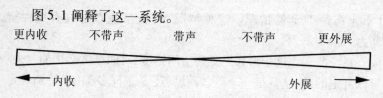

图 5.1　新系统

在连续体中央,带声代表了适合声带颤动的声门状态。内收(包括中间压缩)加强了从中央向左延伸,这样产生的所有音都具有附加特征:更内收。在一定范围内,带声还是可能的(更内收带声)。超过那个范围,带声变得不可能(更内收不带声)。外展加强了从中央向右延伸,这样产生的所有音都具有附加特征:更外展。在一定范围内,带声还是可能的(更外展带声)。超过那个范围,带声变得不可能(更外展不带声)。

根据这一系统,上海话类 1 是更内收不带声塞音,由于内收过度,带声被抑制。类 3 正好相反,这种最外展不带声的塞音,由于过度外展抑制了带声。类 2 处在带声和不带声的边界,位于连续体更外展那边。这类塞音的带声状态取决于喉头和喉头上部的条件。它有两种语音表现形式:在词首位置是不带声的;在词中位置带声,作为这些条件变化的结果。

虽然这个系统受到 Ladefoged 模型(1971, 1973)的启发,但还是有所不同。首先,新系统更简洁。根据 Ladefoged (1971),没有语言具有超过三类发声类型的对立。比如,没有语言会有紧嗓音(tense voice)和紧喉嗓音(creaky voice)的对立。因而,对于语言分析来说新系统足够了。

其次,将更外展(包括气音、耳语和松音)和更内收(包括紧音和紧喉音)作为附加特征可能更合理,由于它们不独立于基础特征——带声和不带声。

再次,Ladefoged 模型中,不带声被描述成具有最外展声门。如前所述,声门的过度外展和过度内收(包括中间压缩)会阻碍带声。前者看来是大多数语言塞音都有的情况,而后者是朝鲜语类

1 和上海话类 1 的情况。这种情况下,新系统看来具有更强解释力。

系统的现在这个形式只具有空间维度,时间维度必须加上去。可以肯定的是,这只是一个概念模型,还要做许多工作(特别是定量的工作)去完善它。

5.3.2 EMG

在生理学层面,肌电测量(EMG)研究将进一步把塞辅音的发声区别特征限定在固有的喉头肌肉活动层面。Iwata, Hirose, Niimi and Horiguchi(1991)发现,苏州话类 1 的嗓音起始前声带肌(VOC)就活动了。牵涉到声带肌(VOC),明显是因为这一类型塞音的声门更内收。由于类 1 和类 2 间主要差异在于"内收 – 外展"维度的喉头调节,进一步的 EMG 研究必须集中于勺状骨间肌肉(IA)——主要的声门内收肌,和 PCA——外展肌,负责外展维度的声门运动。预测类 1 的 IA 更活跃,而类 2 和类 3 的 PCA 更活跃。

词中位置塞音的环甲肌(CT)作用更值得研究。这个位置上,声调虽然被认为是中和了,但 F_0 差异依然存在。如果是由环甲肌(CT)造成的,那它的作用是提高了声带的纵向松紧度。结果,增高的喉头紧张度将帮助阻止类 1 带声。这种情况下,所造成的 F_0 差异是个副产物。如果真是这样,环甲肌(CT)的作用可能主要就是控制带声。如果不牵涉到环甲肌(CT),那 F_0 差异肯定是由其他机制引起的,如:声带的垂直松紧度(Ewan & Krones, 1974)和/或空气动力条件(Ladefoged, 1967)。无论怎样,弄清这个环境下环甲肌(CT)的作用有助于更好理解带声(浊)和不带声(清)塞音后的声调中和和 F_0 扰动的生理基础。

5.3.3 感知

在感知层面,F_0 的作用有待进一步研究。正如第三章所述,类

1 后的元音段有一条下降的 F_0 曲线,类 2 后的元音段有一条上升的 F_0 曲线。这显示,下降的 F_0 曲线可能有利于类 1 的感知,而上升的 F_0 曲线有利于类 2 的感知。一条水平的 F_0 曲线可被推测成中立的。假如 F_0 曲线被处理不仅在频率上不一样,而且在动力学上也不一样,也就是:无论 F_0 下降,或者上升,或者保持水平,F_0 和声谱差异的关系将会更清楚。

参考文献

Abberton, E. (1972) Some laryngographic data for Korean stops. *Journal of the International al Phonetic Association*(2):67—78.

Abramson, A. S. (1977) Laryngeal timing in consonant distinctions. *Phonetica* (34): 295—303.

Abramson, A. S., & Lisker, L. (1972) Voicing timing in Korean stops. In A. Rigault & R. Charboneau (Eds.) *Proceedings of the 7th International Congress of Phonetic Sciences*. Mouton: The Hague:439—446.

Abramson, A. S., & Lisker, L. (1985) Relative power of cues: F_o shift versus voice timing. In V. Fromkin (Eds.) *Phonetic linguistics: Essays in honor of Peter Ladefoged*. New York: Academic Press:25—33.

Badin, P., Stellan, H., & Karlsson, I. (1990) Notes on the Rothenberg Mask. *Speech Transmission Laboratory Quarterly Progress and Status Report* (1):1—7. Royal Institute of Technology, Stockholm, Sweden.

Baer, T., Gay, T., & Niimi, S. (1976) Control of fundamental frequency, intensity, and register of phonation. *Haskins Laboratories: Status Report on Speech Research* (45/46): 175—185.

Baer, T., Löfqvist, A., & McGarr, N. S. (1983) Laryngeal vibrations: A comparison between high-speed filming and glottographic techniques. *Journal of the Acoustical Society of America*(73):1304—1308.

Baken, R. J. (1987) *Clinical measurement of speech and voice*. Boston: College Hill Press.

Benguerel, A. P., & Bhatia, T. K. (1980) Hindi stop consonants: An acoustic and fiber-scopic study. *Phonetica* (30): 175—198.

Bickley, C. (1982) Acoustic analysis and perception of breathy vowels. MIT Speech Communication, *Working Papers*(1):71—81.

Block, B., & Trager, G. L. (1942) *Outline of linguistic analysis*. Baltimore: Waverly Press.

Borden, G. J., & Harris, K. S. (1984) Speech science primer (2nd ed.). Baltimore:

Williams & Wilkins.

Cao, J. F. , & Maddiesion, I. (1988) An exploration of phonation types in Wu dialects of China. *Annual Report of Phonetic Research*(1) : 15—36. Institute of Linguistics, Chinese Academy of Social Sciences, Beijing, China.

Chao, Y. R. (1935) Classification of the stops in Chinese dialects. *Bulletin of the Institute of History and Philology*, Academia Sinica, 515—520.

Chao, Y. R. (1967) Contrastive aspects of the Wu dialects. *Language*(1) :92—101.

Chao, Y. R. (1970) The Changzhou dialect. *Journal of the American Oriental Society*(90) : 45—46.

Chapin-Ringo, C. (1988) Enhanced amplitude of the first harmonic as a correlate of voice-lessness in aspirated consonants. *Journal of the Acoustical Society of America*(83) : S71 (Abstract).

Cooper, A. (1991) An articulation study of aspiration in English. A Ph. D. Dissertation, Yale University.

Daniloff, R. , Schickers, G. , & Feth, L. (1980) *The physiology of speech and hearing.* Prentice-Hall.

Dart, S. N. (1987) Aerodynamic study of Korean stops: Measurement and modeling. *Journal of the Acoustical Society of America*(81) :138—147.

Davies, P. O. A. L. , Mcgowan, R. S. , & Shadle, C. H. (1991) Practical flow duct a-coustics applied to the vocal tract. Paper presented at the Vocal Fold Physiology Conference, Denver.

Dixit, R. P. (1975) Neuromuscular aspects of laryngeal control: With special reference to Hindi. A Ph. D. Dissertation, University of Texas at Austin.

Dixit, R. P. (1987a) Mechanisms for voicing and aspirating: Hindi and other language compared. *UCLA Working Papers in Phonetics*(67) :103—112.

Dixit, R. P. (1987b) In defense of the phonetic adequacy of the traditional term "voiced aspirated". *UCLA Working Papers in Phonetics*(67) :103—112.

Dixit, R. P. & Brown, W. S. (1985) Peak magnitudes of oral air flow during Hindi stops (plosive and affricates). *Journal of Phonetics*(13) :219—234.

Dixit, R. P. & McNeilage, P. F. (1980) Cricothyroid activity and control of voicing in Hindi stops and affricates. *Phonetica*(37) :397—406.

Dixit, R. P. & Shipp, T. (1985) Study of subglottal air pressure during Hindi Stop Consonants. *Phonetica*(42) :53—77.

Erickson, D. (1976) A physiological analysis of the tones of Thai. A Ph. D. Dissertation,

The University of Connecticut.

Ewan, G. W. , & Krones, R. (1974) Measuring laynx movement using the thyroumbrometer. *Journal of Phonetics*(2) :327—335.

Fairbanks, G. (1960) *Voice and articulation drill-book* (2nd ed). New York: Harper & Row.

Fant, G. (1979) Glottal source and excitation analysis. *Speech Transmission Laboratory Quarterly Progress and Status Report*(1) :85—107. Royal Institute of Technology, Stockholm, Sweden.

Fant, G. (1985) The voice source: theory and acoustic modeling. In I. R. Titze, & R. C. Scherer (Eds.) *Vocal fold physiology: Biomechanics, acoustics and phonatory control.* Denver: The Denver Center for the Performing Arts:453—464.

Fritzell, B. , Gauffin. J. , Hammarberg, B. , Karlsson, I. , & Sundberg, J. (1985) Measuring insufficient vocal fold closure during phonation. In S. Askenfelt, S. Felicetti, E. Jansson, & J. Sundberg, (Eds.) *Proceedings of the Stockholm Music Acoustic Conference.* Royal Swedish Academy of Music, Stockholm:175—186.

Gobl, C. , & Ni Chasaide (1988) The effect of adjacent voiced/voiceless consonants on the vowel voice source: A cross language study. *Speech Transmission Laboratory Quarterly Progress and Status Report* (2—3) : 23—59. Royal Institute of Technology, Stockholm, Sweden.

Haggard, M. P. , Ambler, S. , & Call, M. (1970) Pitch as a voicing cue. *Journal of the Acoustical Society of America*(47) :613—617.

Han, M. S. , & Weitzman, R. S. (1965) Acoustic characteristics of Korean stop consonants. *Studies in the Phonology of Asian Languages*(3). Acoustic Phonetics Research Laboratory, University of southern California.

Hardcastle, W. J. (1973) Some observations on the tense-lax distinction in initial stops in Korean. *Journal of Phonetics*(1) :262—272.

Hardcastle, W. J. (1976) *Physiology of speech production.* London/New York/San Francisco: Academic Press.

Harris, K. S. (1981) Electromygraphy as a technique for laryngeal investigation. In C. L. Ludlow, & M. O' Connell Hart, (Eds.) *Proceedings of the Conference on the Assessment of Vocal Pathology*:70—87. American Speech and Hearing Association Reports(11).

Hirano, M. (1988) Vocal mechanisms in singing: Laryngeal and phoniatric aspects. *Journal of Voice*(2) :51—69.

Hirano, M. , Kiyokawa, K. , & Kurita, S. (1988) Laryngeal muscles and glottic shaping.

In O. Fujimura (Ed.) *Vocal physiology: Voice production, mechanisms and functions.* New York: Raven Press:49—65.

Hirose, H. , & Gay, T. (1973) Laryngeal control in vocal attack. *Folia Phoneatrica*(25): 203—213.

Hirose, H. , Lee, C. Y. , & Ushijima, T. (1974) Laryngeal control in Korean stop production. *Journal of Phonetics*(2):145—152.

Holmberg, E. B. , Hillman, R. E. , & Perkell, J. E. (1988) Glottal airflow and transglottal air pressure measurements for male and female speakers in soft, normal, and loud voice. *Journal of the Acoustical Society of America*(84):511—529.

Hombert, J – M. , Ohala, J. , & Ewan, W. (1979) Phonetic explanations for the developments of tones. *Language*(55):37—58.

House, A. , & Fairbanks, G. (1953) The influence of consonantal environment upon the secondary acoustical characteristics of vowels. *Journal of the Acoustical Society of America* (25):105—113.

Huffman, M. K. (1987) Messures of phonations types in Hmong. *Journal of the Acoustical Society of America*(81):495—504.

Hutters, B. (1984) Vocal fold adjustments in Danish voiceless obstruent production. *Annual Report of Institute of Phonetics*(18):293—385. University of Copenhagen.

Iwata, R. , & Hirose, H. (1976) Fiberoptic acoustic studies of Mandarin stops and affricates. *Annual Bulletin*(10):47—60. Research Institute of Logopedics and Phoniatrics, Faculty of Medicine, University of Tokyo.

Iwata, R. , & Hirose, H. , Niimi, S. , & Horiguchi, S. (1991) Physiological properties of "breathy" phonation in a Chinese dialect-A fiberopic and electromygraphic study on Suzhou dialect. *Proceedings of the 12ᵗʰ International Congress of Phonetic Sciences*(3):162—165. Aix-En-Province, University de Provence, Service des Publication.

Kagaya, R. (1974) A fiberscopic and acoustic study of the Korean stops, Affricates and fricatives. *Journal of Phonetics*(2):161—180.

Kasuya, H. , & Ando, Y. (1989) Acoustic analysis, synthesis and perception of breathy voice. Paper presented at the Vocal Fold Physiology Conference, Stockholm, Sweden.

Kim, C. W. (1965) On the autonomy of the tensity feature in stop classification (with special reference to Korean stops). *Word*(21):339—359.

Kim, C. W. (1970) A theory of aspiration. *Phonetica*(21):107—116.

King, L. , Ramming, H. , Schiefer, L. , & Tilmann, H, G. (1987) Initial F_o contours in Shanghai CV syllables-and interactive function of tone, vowel height and place and manner

of stop articulation. *Proceedings of the* 11th *International Congress of Phonetic Science*(1).
Academy of Sciences of the Estonian S. S. R. , Tallin:154—157.

King, L. , & Schiefer, L. (1989) Tone effect on voice onset time (VOT)? -Results from
Shanghai. Unpublished manuscript.

Kirk, P. , Ladefoged, P. , & Ladefoged, J. (1984) Using a spectrograph for measures of
phonation types in a natural language. *UCLA Working Papers in Phonetics*(49):102—113.

Klatt, D. H. , & Klatt, L. C. (1990) Analysis, synthesis, and perception of voice quality
variations among female and male talkers. *Journal of the Acoustical Society of America*
(87):820—857.

Ladefoged, P. (1967) *Three areas of experimental phonetics*. London: Oxford University
Press.

Ladefoged, P. (1971) *Preliminaries to linguistic phonetics*. Chicago: The University of Chi-
cago Press.

Ladefoged, P. (1973) The features of the larynx. *Journal of Phonetics*(1):73—83.

Ladefoged, P. (1982) *A course in phonetics* (2nd ed.). New York: Harcourt Brace Jovanov-
ich Publishers.

Ladefoged, P. (1983) The linguistic use of different phonation types. In D. Bless, & J.
Abbs (Eds.). *Vocal fold physiology: Contemporary research and clinical issues*. San Die-
go: College Hill Press:351—360.

Ladefoged, P. , & Antoñanzas-Barroso, N. (1985) Computer measures of breathy voice
quality. *UCLA Working Papers in Phonetics*(61):79—86.

Ladefoged, P. , Maddieson, I. , & Jackson, M. (1988) Investigationg phonation types in
different languages. In O. Fujimura (Eds.) *Vocal physiology: Voice production mechanism
and functions*. New York: Raven Press:297—317.

Laver, J. (1980) *The phonetic description of voice quality*. Cambridge: Cambridge Universi-
ty. Press.

Lehiste, I. , & Peterson, G. (1961) Some basic considerations in the analysis of intonation.
Journal of the Acoustical Society of America(33):419—425.

Liberman, A. M. , & Mattingly, I. G. (1985) The motor theory of speech perception re-
vised. *Cognition*(21):1—36.

Lieberman, P. , & Blumstein, S. E. (1988) *Speech physiology, speech perception and acous-
tic phonetics*. Cambridge: Cambridge University.

Lisker, L. , & Abramson, A. S. (1964) A cross-language study of voicing in initial stops:
acoustic measurements. *Word*(20):384—422.

Lisker, L. , Abramson, A. , Cooper, F. , & Schvey, M. (1969) Transillumination of the larynx in running speech. *Journal of the Acoustical Society of America* (45) :1546—1554.

Löfqvist, A. , Baer, T. , & Yoshioka, H. (1981) Scaling of glottal opening. *Phonetica* (38) :265—276.

Löfqvist, A. , McGarr, N. , & Honda, K. (1984) Laryngeal muscles and articulatory control. *Journal of the Acoustical Society of America* (3) :951—954.

Löfqvist, A. , & McGowan, R. (1992) Influence of consonantal environment on voice source aerodynamics. *Journal of Phonetics* (20) :93—110.

Maddieson, I. , & Hess, S. A. (1986) "Tense" and "Lax" revisited: more on phonation types and pitch in minority languages of China. *UCLA Working Papers in Phonetics* (63) : 103—109.

Maddieson, I. , & Ladefoged, P. (1985) "Tense" and "Lax" in four minority languages of China. *Journal of Phonetics* (13) :433—454.

Norman, J. (1988) *Chinese*. Cambridge: Cambridge University Press.

Ohde, R. (1984) Fundamental frequency as an acoustic correlate of stop consonant voicing. *Journal of the Acoustical Society of America* (75) :224—230.

Rose, P. (1989) Phonation types in Zhenhai. *Cahiers de Linguistique Asie Orientale* (2) : 229—245.

Rothenberg, M. (1968) The breath stream dynamics of simple-released plosive production. *Bibliotheca Phonetica* (6) :1—117.

Rothenberg, M. (1973) A new inverse filtering technique for deriving the glottal air flow waveform during speech. *Journal of the Acoustical Society of America* (53) :1632—1645.

Shiefer, L. (1986) F_o in the production and perception of breathy stops: Evidence from Hibdi. *Phonetica* (43) :43—69.

Shiefer, L. , & King, L. (1987) An acoustic investigation of voice quality (phonation type) in Shanghai. Unpublished manuscript.

Shen, Z. W. , Wooters, C. , & Wang, S-Y. (1987) Closure duration in the classification of stops: A statistical analysis. *OSU Working Papers in Linguistics* (35) :197—209.

Shimizu, K. (1989) A cross-language study of voicing contrasts of stops. *Studia Phonologica* (23) :2—12.

Silverman, K. (1986) F_o segmental cues depend on intonation: the case of the rise after stops. *Phonetica* (43) :76—91.

Söderston, M. , Lindestad, P. , & Hammarberg, B. (1989) Vocal fold closure, perceived breathiness, and acoustic characteristics in young normal speaking adults-a comparison between females and males. Paper presented at the Vocal Fold Physiology Conference, Stockholm, Sweden.

Stevens, K. N. (1989) Vocal-fold vibration for obstruent consonants. Paper presented at the Vocal Fold Physiology Conference, Stockholm, Sweden.

Sundberg, J. (1987) *The science of the singing voice*. Dekalb: Northern Illinois University Press.

Svantesson, J - O. (1988) Shanghai vowels. *Working Papers* (35): 191—202. Department of Linguistics, Lund University.

Thongkum, T. L. (1988) Phonation types in Mon-Khmer languages. In O. Fujimura (Ed.) *Vocal physiology: Voice production mechanisms and functions*. New York: Raven Press: 319—313.

Whalen, D. H. , Abramson, A. S. , Lisker, L. , & Mody, M. (1990) Gradient effects of fundamental frequency on stop consonant voicing judgments. *Phonetica* (47): 36—49.

曹剑芬. (1982) 常阴沙话古全浊声母的发音特点. 中国语文(4): 273—278.

曹剑芬. (1987) 论清浊与带音不带音的关系. 中国语文(2): 101—109.

赵元任. (1928) 现代吴语研究. 北京: 清华学校研究院丛书第四种.

胡明扬. (1978) 上海话一百年来的若干变化. 中国语文(3): 199—205.

胡裕树. (1979) 现代汉语(第二版). 上海: 上海教育出版社.

罗常培, 王理嘉. (1981) 普通语音学纲要(新版). 北京: 商务印书馆.

任念麒. (在版) 上海话声调的声学研究. 将刊于《纪念赵元任〈现代吴语〉出版六十周年论文选》.

沈同. (1981) 上海话老派新派的差别. 方言(4): 275—283.

石锋. (1983) 苏州话浊塞音的声学研究. 语言研究(1): 49—83.

许宝华, 汤珍珠, 钱乃荣. (1981) 新派上海方言的连读变调, 方言(2): 145—155.

许宝华, 汤珍珠, 汤志祥. (1982) 上海方音的共时差异. 中国语文(3): 265—278.

袁家骅. (1983) 汉语方言概要(第二版). 北京: 文字改革出版社.

附录

1. 气流参数的平均值

A. 对象 N
开商
词首位置

	1	2	3	4	5
P2	.51	.57	.64	.49	.68
P4	.51	.56	.58	.47	.60
P6	.57	.55	.57	.5	.56
P8	.55	.52	.56	.57	.58

词中位置

	1	2	3	4	5
P2	.51	.57	.64	.49	.68
P4	.54	.58	.64	.53	.57
P6	.58	.60	.61	.53	.56
P8	.58	.58	.61	.54	.60

最大气流(ml/m.)
词首位置

	1	2	3	4	5
P2	588	677	725	561	763
P4	452	591	552	414	573
P6	463	553	482	398	502
P8	482	516	466	405	466

词中位置

	1	2	3	4	5
P2	593	513	812	565	758
P4	441	479	599	438	575
P6	425	480	494	418	470
P8	422	477	437	407	432

最小气流(ml/m.)

词首位置

	1	2	3	4	5
P2	258	339	400	269	401
P4	124	230	213	112	238
P6	139	218	169	101	206
P8	144	202	161	113	159

词中位置

	1	2	3	4	5
P2	255	153	443	250	430
P4	127	102	244	122	244
P6	116	117	173	113	164
P8	120	136	149	116	140

速度商

词首位置

	1	2	3	4	5
P2	2.2	2.4	1.8	1.9	1.7
P4	2.1	2.2	1.7	1.8	1.8
P6	1.8	2.1	1.7	1.8	1.5
P8	1.6	2.0	1.6	1.2	1.5

词中位置

	1	2	3	4	5
P2	2	1.9	1.6	2	1.7
P4	1.9	1.6	1.6	2.0	1.5
P6	1.5	1.4	1.4	1.8	1.5
P8	1.5	1.4	1.3	1.6	1.3

F_0

词首位置

	1	2	3	4	5
P2	141	120	136	149	149
P4	138	113	130	153	144
P6	134	111	129	147	153
P8	132	112	128	147	142

词中位置

	1	2	3	4	5
P2	144	126	146	140	133
P4	146	127	140	138	131
P6	146	130	142	135	129
P8	141	134	147	131	128

B. 对象 C

开商

词首位置

	1	2	3	4	5
P2	.56	.61	.62	.6	.72
P4	.57	.60	.61	.57	.68
P6	.59	.61	.6	.58	.66
P8	.59	.62	.60	.58	.66

词中位置

	1	2	3	4	5
P2	.54	.6	.63	.58	.76
P4	.56	.61	.60	.56	.70
P6	.56	.61	.61	.56	.67
P8	.57	.61	.62	.59	.62

最大气流(ml/m.)

词首位置

	1	2	3	4	5
P2	671	698	743	706	950
P4	128	163	226	171	333
P6	540	569	596	488	741
P8	572	599	605	491	729

词中位置

	1	2	3	4	5
P2	572	611	673	666	1027
P4	538	576	625	512	798
P6	523	591	586	529	783
P8	572	599	605	491	279

最小气流(ml/m.)

词首位置

	1	2	3	4	5
P2	289	335	337	395	456
P4	128	163	226	171	333
P6	126	157	206	142	295
P8	148	181	212	137	304

词中位置

	1	2	3	4	5
P2	172	190	271	261	551
P4	114	155	203	138	385
P6	110	148	196	124	295
P8	139	150	196	124	253

速度商

词首位置

	1	2	3	4	5
P2	2	1.6	2	1.6	1.6
P4	2.1	2.0	2.0	1.9	1.7
P6	2.1	1.9	2.1	1.9	1.7
P8	2.2	2.0	2.1	1.9	1.7

词中位置

	1	2	3	4	5
P2	2	2.1	2	1.8	1.6
P4	2.0	1.8	2.0	1.9	1.8
P6	2	2.1	2	2.1	1.9
P8	1.9	2.1	1.9	2.1	1.9

F_0

词首位置

	1	2	3	4	5
P2	118	104	115	140	147
P4	118	98	112	140	149
P6	118	96	113	139	148
P8	116	95	112	138	151

词中位置

	1	2	3	4	5
P2	124	106	113	122	123
P4	126	112	115	122	124
P6	124	113	115	119	120
P8	123	115	113	114	114

2. 喉部和喉上运动的统计总结

持阻时长
词首塞音

	平均值	标准偏差	最小值－最大值
类1	135.5	20.4	113.1—181.5
类2	95.4	21.6	67.9—147.5
类3	98.2	15.0	68.2—123.2

词中塞音

	平均值	标准偏差	最小值－最大值
类1	119.5	12.1	97.9—137.7
类2	79.3	11.1	60.6—101.0
类3	77.0	14.4	44.6—99.5

声门姿势时长
词首塞音

	平均值	标准偏差	最小值－最大值
类1	192.3	23.6	168.3—256.1
类2	180.9	26.6	154.9—269.9
类3	257.8	35.5	219.8—344.9

词中塞音

	平均值	标准偏差	最小值－最大值
类1	165.6	19.6	121.3—188.4
类3	231.8	16.6	205.0—270.0

嗓音起始时间
词首塞音

	平均值	标准偏差	最小值－最大值
类1	14.2	3.2	10.1—20.3
类2	23.7	4.1	15.4—34.4
类3	102.0	11.6	85.9—139.9

词中塞音

	平均值	标准偏差	最小值－最大值
类1	18.6	3.6	15.2—26.8
类3	106.1	7.5	90.3—115.4

从持阻到声门张开峰值的间隔
词首塞音

	平均值	标准偏差	最小值－最大值
类1	67.8	12.7	42.5—89.3
类2	85.3	22.2	37.5—127.5
类3	104.1	17.9	57.7—136.2

词中塞音

	平均值	标准偏差	最小值 – 最大值
类1	66.8	14.0	36.9—85.7
类2	87.2	12.5	62.5—102.5
类3	92.9	9.6	75.9—107.5

从声门张开峰值到除阻的间隔
词首塞音

	平均值	标准偏差	最小值 – 最大值
类1	67.5	14.9	50.6—94.0
类2	10.1	28.7	– 19.8—77.5
类3	– 5.9	8.2	– 25.6— 43.6

词中塞音

	平均值	标准偏差	最小值 – 最大值
类1	52.7	14.9	20.2—81.6
类2	– 7.9	10.4	– 22.6—15.1
类3	– 15.9	8.2	– 31.5—1.3

从声门姿势开始到声门张开峰值的间隔
词首塞音

	平均值	标准偏差	最小值 – 最大值
类1	94.8	11.0	79.9—116.1
类2	118.9	19.2	83.8—153.8
类3	128.6	27.5	88.0—214.1

词中塞音

	平均值	标准偏差	最小值－最大值
类 1	77.9	20.3	45.1—102.1
类 3	106.1	11.2	87.7—129.1

从声门张开峰值到声门姿势结束的间隔

词首塞音

	平均值	标准偏差	最小值－最大值
类 1	97.6	16.2	79.7—140.0
类 2	62.1	39.3	21.1—186.1
类 3	129.2	24.8	100.5—181.4

词中塞音

	平均值	标准偏差	最小值－最大值
类 1	87.7	16.0	59.2—127.3
类 3	125.6	11.4	195.5—152.1

3. 作者部分个人
与合著论文目录

1) Phonation Types and Stop Consonant Distinctions-Shanghai Chinese, Ph. D. Dissertation, UMI Dissertation Information Service, Ann Arbor, Michigan, USA,1992.

2) Ren, N. & Mattingly, I. (1990). Short-Term Serial Recall Performance by Good and Poor Readers of Chinese. Haskins Laboratories *Status Report on Speech Research*, 103/104.

3) Abramson, A. & Ren, N. (1990). Distinctive Vowel Length: Duration vs. Spectrum in Thai. *Journal of Phonetics*,18.

4) Ren, N. & Mattingly, I. (1989). Spectral Difference in Vowels as a Cue for Perception of the Preceding Stop Consonants. *J. Acoust. Soc. Suppl.* 1, Vol. 86, Fall 1989.

5) A Fiberoptic and Transillumination Study of Shanghai Stops. Proceedings of the International Conference on Wu Dialects,Hong Kong, December 12—14, 1988.

6) Remez, R. E., Bressel, R. S., Rubin, P. E. & Ren, N. (1987). Perceptual Differentiation of Spontaneous and Read Utterances after Resynthesis with Monotone Fundamental Frequency. *J. Acoust. Soc. Suppl.* 1, Vol. 81, Spring, 1987.

7) 有关禁忌——中文中"避讳"与英文中委婉语的比较. 修辞学研究, 1982(3).

8) 双语专科词典应该注音. 辞书研究,1983(3).

9) 《简明汉英词典》为什么受留学生欢迎. 辞书研究,1984(3).

10) 外用汉外教学词典的基础. 辞书研究,1984(3).

11) 新词典学与计算机运用(编译). 辞书研究,1985(5).

12)《简明牛津歌剧词典》评介.辞书研究,1986(4).

13) 对外汉语教学的比较分析.语言研究文集(第 1 卷). 上海:复旦大学出版社,1987.

4. 图表目录